Todos nós estaremos bem

SÉRGIO TAVARES

Todos nós estaremos bem

ROMANCE

Porto Alegre
São Paulo · 2023

É preciso duas pessoas para fazer alguém, e uma para morrer. É assim que o mundo vai acabar.
WILLIAM FAULKNER, *Enquanto agonizo*

Ele presume que, se ficar completamente imóvel, entregue à paralisia incondicional da desatadura do sono, do corpo tomado pela anestesia e pela quentura conservada sob a coberta, poderá ouvir o raspar das bainhas das cortinas contra a folha do batente. Sim, ele poderá ouvir o vento, que se esgueira pela fresta da janela, roçar a superfície das coisas, os objetos robustos e os planos, as telas frágeis dos porta-retratos de mesa. Se ficar em total silêncio, acredita, a cabeça colada no travesseiro, poderá ouvir o que está fora do apartamento, o novo dia que canta ao nascer, a orquestra dos eixos de renovação.

    Agora é ele quem assovia rumo ao banheiro. Ataca a dormência do rosto com as palmas juntas, cheias de água fria, sentindo as gotas se prenderem nas pontas moles do cabelo, os veios plásticos escorrerem até o queixo. Sorri para o espelho. Em seguida, escova os dentes, massageando as gengivas. Após o último bochecho, olha o reflexo do corpo nu curvado sobre a porcelana. Dá um passo para trás e o contempla. Uma estrutura bem-disposta e firme para alguém no quarto final da vida. Admira a constituição física recortada na lâmina, a ereção. Toca a ereção e sente-se bem, ainda que não passe de um efeito involuntário.

Entra no boxe e toma uma ducha fria. Veste camisa Hering e jeans, e pulveriza o plexo com colônia. Está pronto. Sente-se pronto para o novo dia. Marcha até a porta principal, gira a chave e se detém na maçaneta. Um aceno de confiança o procura através do olho mágico. Retoma o movimento, e a crispação do metal frio o liberta.

O dia lá fora está banhado por uma claridade pálida infiltrada por ocasiões de outras cores. O ar morno ficará mais quente. É verão, ele concede ao acaso as surpresas da descoberta. As primeiras pessoas que vê transitam sem pressa, mobilizadas pelo circuito que alimenta a construção da nova manhã. O canto dos pássaros, o céu transparente, as ondas invisíveis que fluem sob o asfalto. Ele anda rente às calçadas com os pulmões cheios, escuta as despedidas nas soleiras dos portões, as primeiras notícias do dia escapando de um rádio oculto na tela escura da janela. Se ficar totalmente imóvel, poderá ouvir a motricidade ao redor, o mundo se desenvelopando, mas logo vem o cheiro da massa do pão sendo cozida, do café fumegando pelas válvulas cromadas. E assim tem início mais um dia na vida deste homem que inspira a mornidão enquanto caminha, certo de que todos nós estaremos bem.

Câncer

PRIMEIRA PARTE
1982 . 1985

CAPÍTULO I

Um homem nu, mesmo queimando de desejo, não consegue deter o rapto dos sentidos quando posicionado de quatro diante de outro homem nu, vinte anos mais jovem. Um paralelo encontrado no reino animal é o do coelhinho que, em sua primeira incursão ao largo da toca, depara-se com a raposa. Algo capturado por um daqueles documentários que sucedem o show de calouros que a menina vê, e a voz em off que narra a cena chama de instante elementar, o infinitésimo de segundo que o instinto de sobrevivência leva para disparar a carga de eletricidade pelo corpo, acionando o dispositivo de reação. Ainda que desconheça o mundo e seus perigos, um estímulo nervoso retesa os tendões das patas traseiras do animal, engatilhando sua coluna num arco que projeta a provável presa para longe da ameaça. O caso é que ali está o coelhinho que não contava com o inusitado em sua estreia fora do núcleo familiar. Todas as suas reações são estancadas pelo medo, a inércia está no comando. Ele quer fugir de alguma forma, mas não consegue vencer a paralisia. Não há chance de escapatória e, inevitavelmente, será devorado pela cabeça vermelha da raposa, enrijecida atrás do longo focinho lustroso. Esse coelhinho sou eu.

Seis horas antes, meus mocassins transitavam sobre o palco de um auditório na ala recreativa de um hotel quatro estrelas que ora acolhia apresentações de danças regionais, ora eventos corporativos. À minha frente, uma plateia atenta, acomodada em cadeiras de couro bege e com porta-braço, aspirava fumaça de cigarro e gravitava no conforto do ar-condicionado, imune ao calor derradeiro de novembro em Pernambuco. Certamente eu era o único lunático, em todo o território nordestino, que vestia, naquele momento, calça de flanela, gola rolê e paletó tweed musgo, contudo isso fazia parte do plano de transmissão de credibilidade que tinha preparado duas semanas antes, enquanto afinava as pausas respiratórias à ordenação dos slides.

Sou diretor de uma agência de assessoria de comunicação e marketing cujo faturamento majoritário provém de uma holding de empresas com capital estrangeiro. Entre meus clientes, estão joint ventures que representam bancos americanos ou empresas de cigarro que querem pôr em prática uma campanha publicitária para fixar sua marca no mercado nacional ou lançar novos produtos. Como de praxe, o merchandising irá envolver anúncios, que serão publicados nos principais jornais e revistas do país, associando o fumo a um estilo de vida glamoroso e moderno, e comerciais rechearão a grade de programação da tevê com jovens esportistas, mulheres elegantes e caubóis montados em cavalos selvagens. Porém, além da audiência maciça, existe o interesse que essa informação seja vendida a um público específico, fora da moldura da propaganda. E aí eu entro. Minha função é fazer com que a campanha publicitária vire notícia nas redações. O método é vincular o briefing a um acontecimento, convencendo o consumidor a comprar o mesmo produto com embalagens de cor diferente. Qual tipo de público a indústria de cigarro tem como alvo? Meninos e meninas entrando na puberdade? Minha agência então elabora um festival de música com a marca incorporada ao slogan, ao jingle e em estampas de camisetas, montando um time de atrações internacionais e nacionais que será pauta para revistas especializadas e cadernos de cultura dois meses antes e uma semana depois do último aplauso. Alguns podem considerar isso reprovável, mas eu não tenho do que me envergonhar: o retorno financeiro é ótimo, as ações da agência estão em alta e permanecem imunes ao martírio econômico do país.

A autoria não é minha, não mereço a fama. Eu apenas adaptei o expediente ao jogo de oferta e procura. Assim como na seleção natural, prospera nos negócios aquele que se utiliza de estratégia e instinto para melhor se adaptar. Apesar de chefiar uma assessoria de comunicação e marketing, minha origem não é da publicidade ou do jornalismo. Sou advogado, formado, por entusiasmo do meu falecido pai, na Faculdade Paulista de Direito da PUC. Naquele fim dos anos 50, os centros acadêmicos, principalmente os de direito, fervilhavam de jovens idealistas, que transpiravam planos para fortalecer o desenvolvimento nacional, na esteira do superlativo econômico ventilado pelo governo Kubitschek e pela primeira conquista da Copa do Mundo nos dribles mágicos do jovem Pelé. Era uma coqueluche, impossível não se contagiar.

Foi tomado por essa mesma febre que comecei a participar dos seminários elaborados pelo Instituto Nacional de Estudos Superiores, discutindo política e economia tête-à-tête com políticos e intelectuais que faziam girar as engrenagens do novo Brasil realinhado pelo prumo getulista. Num desses encontros, recebi o convite para estagiar em um escritório que defendia os interesses da Brascan, que ampliava seu campo de atuação em redes hoteleiras e imobiliárias no sudeste do país. Quando eu estava há dois meses no cargo, um economista contratado pela Folha de S. Paulo para mapear, através de uma série de artigos, as empresas que sustentavam o chamado milagre econômico brasileiro solicitou uma entrevista com um superintendente regional e, como sabiam da minha experiência com a organização de seminários, fui convocado às pressas para intermediar o contato da empresa com o jornal. O resultado foi um relatório de bom empreendedorismo, disposto em três páginas ilustradas com estatísticas e fotos. A publicação desencadeou o interesse de outros veículos, que passaram a telefonar diretamente no meu ramal, e a partir de então somei às minhas atividades jurídicas o assessoramento de imprensa.

Com a crescente demanda de entrevistas e envios de estudos técnicos, fui convocado para uma reunião onde me foi oferecida uma vaga no Departamento Interno de Relações Públicas da Light, que era vinculada à Brascan, assumindo a intermediação da empresa com os meios de comunicação. Era a primavera de 64, o país estava sob controle dos militares e a censura abria espaço para as reportagens institucionais. O trabalho ganhava um corpo de atribuições e o salário era satisfatório, porém eu me sentia mais um entusiasta que um profissional. Resolvi, portanto, saltar da prática à teoria e, em junho de 66, ingressei no curso de relações públicas da Escola de Comunicação e Cultura da USP. Eu me aproximava dos trinta anos e achava que era o momento de me preparar para a crise de identidade que acomete todos que entram na fase ingovernável da perda da juventude. Não podia ter acertado mais.

De volta ao campus universitário, me deparei com um Brasil totalmente distinto daquele visto pelo ponto de vista empresarial. Os militares promoviam torturas, desaparecimento de pessoas. Estudantes defendiam ideologias com lutas armadas, atentados, sequestros. Grêmios eram invadidos, incendiados. Artistas buscavam exílio em outros países. Não concluí o curso. Pedi transferência para o Rio de

Janeiro, onde aluguei um apartamento no bairro litorâneo onde nasci e passei a maior parte da infância. Em novos ares, contudo, não tinha vontade de trabalhar. A confluência de uma desilusão política e outra profissional me esgotava.

Então, em 71, quando eu estava na organização de um congresso, reencontrei um repórter com o qual estabeleci um trato de cortesia na época em que respondia pela relação da Light com a mídia. Ao fim do evento, durante o coquetel, nos servimos de doses de uísque e conversamos sobre os rumos do país e da profissão. Entre baforadas de Camel, ele me contou que dois jornalistas estavam causando um alvoroço em São Paulo por conta da abertura de uma empresa com uma nova proposta de assessoria de imprensa. A Unipress causava discórdia por tirar repórteres das redações, o que era visto como traição pelos colegas mais conservadores e como aventura pelos focas. Nesse tempo se defendia que o jornalista que não trabalhasse numa organização jornalística fosse afastado do sindicato e perdesse o direito de exercer a profissão. Eu não era jornalista, mas, depois de um longo período, voltei a ficar entusiasmado.

Depois de uma consulta nas páginas amarelas e uma série de interurbanos, finalmente agendei uma reunião na própria sede da Unipress com um dos seus fundadores, Alaor José Gomes, egresso da Folha de S. Paulo. Ele me explicou que, da experiência obtida na criação do setor de imprensa da Volkswagen no Brasil, criou a agência, em parceria com Reginaldo Finotti, para servir de sucursal para as redações no diálogo com o mundo corporativo, em especial no trato direto com os jornais do interior. Eu discorri sobre minhas qualificações, e um aperto de mão selou minha saída da Light e ingresso na Unipress. Foi quando conheci a profissão sem encantamento. A assessoria de imprensa, em alguns casos, envolve interesses difusos aos imperativos do jornalismo. Na relação entre empresa e mídia, nem todo fato é notícia, assim como nem toda notícia é fato. E aqui não há subversão da verdade, somente omissão. Cinco anos depois, a agência já contava com dez clientes exclusivos e um quadro de quarenta e cinco funcionários, desenvolvendo, principalmente, peças institucionais. Ainda assim, nossa atuação no meio continuava sendo motivo de queixume dos repórteres da militância.

Então estourou a grande greve de 79 e o panorama mudou de maneira radical. Com demissões em massa nas redações, muitos jornalistas começaram a considerar a assessoria de imprensa uma alternativa menos indigna para a profissão. Foi a aplicação do que os yuppies chamam de know-how. Os grupos dissidentes passaram a conversar, a trocar experiências. Congressos eram realizados em vários sindicatos, com a proposta de se estabelecer regimentos e legislações. O desaparelhamento do governo militar, a revogação do AI-5 e a abertura política anunciavam o início de uma nova era, um país propício para a entrada das multinacionais. Uma coisa leva a outra, e os detratores de outros tempos, a patota esquerdista do pingado no bar, agora dirigiam arrojados Voyages e Landaus. Foi o tempo do dinheiro, e confesso que eu soube aproveitar.

Próximo ao Natal de 80, pedi demissão da Unipress e abri a minha própria agência, levando dois jornalistas experientes comigo. O primeiro desafio veio no ano seguinte, quando uma subeditora de economia do Jornal do Brasil me ligou para repassar uma notícia de bastidores. A Mesbla tinha contratado uma consultoria de mercado para esclarecer as razões pelas quais a empresa perdera a hegemonia no ramo de varejo no país e iria passar por uma reformulação geral, desde a aparência das lojas à relação com os clientes, com atenção proporcional à publicidade, em especial aos famosos catálogos de produtos e comerciais para a tevê. Como ela conhecia alguns nomes no conselho gestor, disse que tentaria agendar uma reunião comigo. Da noite pro dia, preparamos um projeto de campanha baseado na modernização da identidade visual da marca a partir do conceito tipográfico da Mestre & Blatgé, firma à qual a Mesbla originalmente fora filiada. Assim, em busca de desvendar o passado, viajei para Paris três dias depois. Fiquei hospedado à margem sul do Rio Sena, próximo à Universidade Paris-Sorbonne. Um francês exumado de leituras acadêmicas me socorreu numa visitação guiada com o diretor do bureau e os associados que cuidavam da comunicação da empresa. Esses mesmos executivos me levaram ao autódromo de Dijon-Prenois, onde foi realizado o Grande Prêmio da França daquele ano, vencido pela McLaren de Alain Prost, apesar da minha torcida enrustida por Nelson Piquet, que viria a ser o campeão da temporada.

Na volta, antes de retornar ao hotel, parei para tomar um café na área externa de um bistrô, apreciando a exuberância de um flamboyant, quando senti um toque macio no meu ombro. Me virei e um frio esmagador tomou meu peito. Era Lúcia, ou melhor, uma versão desnaturada da Lúcia que eu não via há anos, gravitando no ar cambiante do fim de tarde no Quartier Latin. Ainda que reagisse com mais descrença do que comoção, dadas as circunstâncias na qual ela desaparecera, era sumariamente Lúcia, meu grande amor.

Conheci Lúcia num encontro organizado pela UNE no campus da USP, em 66. Na época, ela integrava a Dissidência Comunista da Guanabara e percorria o distrito discente distribuindo propaganda política, com gana de cooptar novos alunos à causa. Lúcia tinha dezoito anos, dez a menos que eu, e, embora possa parecer algo comprometido por um encantamento patético, uma palermice antiquada, o que de fato me chamou a atenção nela foi o esforço para ter um aspecto rude e terroso em resistência à sua beleza natural.

Nas horas seguintes, entrevi seus passos e tomei algumas daquelas cartilhas sem qualquer interesse ideológico, até que encontrasse uma chance de acessá-la fora do círculo de sujeitos esquálidos, partidários do modelismo vulgar e destinto. Acabou sendo por acaso, como sempre é, que a descobri, quase ao entardecer, acomodada na grama lendo um livro revestido por uma proteção de plástico vermelha. Me aproximei e comentei que os companheiros de militância poderiam ficar desapontados com aquele tipo de literatura. Ela ergueu os olhos, com receio e curiosidade. Ninguém com seus ideais leria Marx e Engels preocupado em preservar a capa, acrescentei. Ela sorriu. Whitman, disse, *Folhas de relva*. Sem reserva, me sentei ao seu lado.

    Lúcia não embarcou no ônibus que conduziria os estudantes de volta à UFRJ naquela noite. Passamos uma semana juntos, com a força de vontade restrita aos limites da cama, saindo do apartamento apenas para nos alimentar e, vez ou outra, caminhar pelo Parque Trianon ou visitar (por insistência dela) o Instituto de Arte Contemporânea do Masp, quando ainda ocupava alguns andares do edifício Guilherme Guinle. Em todo caso, eram descansos físicos daquela temporada sob lençóis, em que ela substituía a energia de conversão pela imergência naquele jogo furioso de revirarmos um ao outro. Lúcia era jovem demais para conhecer formas elegantes de prazer, movimentos que levavam ao orgasmo sem o efeito do contato ou o empenho esmagador. Transávamos compulsivamente, sem tréguas demasiadas, e, nos intervalos, quando ocorriam, falávamos sobre literatura e música, debochando do gosto um do outro de um jeito tolo. Não tocamos em política em momento algum. Nos desligamos totalmente do passado, do presente ou de qualquer coisa vindoura. Nos desligamos das nossas vidas correntes. Havia uma história paralela em curso que construíamos com visões de um mundo inexistente, uma fuga sem atos consumados ou desilusões. Lúcia tomava banho e sentava na beirada do colchão, ainda com a pele úmida, pedindo que eu a penteasse enquanto ela cantarolava algo baixo, um sussurro para si, para aquele momento que só poderia ser dela, caso também fosse meu. Na última noite, enquanto a penetrava com mansidão, entrelacei meu braço ao seu pescoço, confessando em seu ouvido que a amava, que gostaria que ela nunca fosse embora. Depois que gozei, ela pediu que permanecêssemos imóveis, que a deixasse dormir comigo dentro dela. De manhã, não estava mais lá.

Esse foi o meu primeiro encontro com Lúcia, um relacionamento intenso de sete dias. Liguei constantemente para a universidade e, certa feita, cheguei a perambular pelo campus num rompante emocional, mas foi uma busca sem efeito. Os fragmentos de informação que reuni entreouvidos (e que, anos depois, em nosso segundo encontro em Paris, ela casou com a argamassa sentimental) diziam que ela vivia clandestinamente, organizando passeatas e breves simulações do que viria a ser a sua adesão à luta armada contra a ditadura militar, uma decisão incontornável. Lúcia tornara-se uma guerrilheira, atuando na Frente de Trabalho Armado, que se desdobraria no novo MR-8, grupo responsável por roubos e assaltos de grande repercussão nacional, a exemplo do ataque ao apartamento do deputado Guimarães de Almeida. Ela também participou do sequestro de um embaixador, pelo qual foi caçada, abatida com um tiro no ombro e severamente torturada nas dependências do DOI-CODI. Naquele mesmo bistrô, dias depois, Lúcia me descreveu, com o olhar opaco, as barbaridades que fizeram com ela: os choques elétricos, o pau-de-arara, os espancamentos, as queimaduras, o estupro e a administração de drogas dissociativas. Chegou a pesar trinta e seis quilos e ter órgãos vitais perfurados, o que a levou a uma internação emergencial e, daí, para o exílio. Paris foi onde conseguiu estabelecer hábitos que cotejassem o desterro, depois de se encafuar em Cuba e na Argélia. Trabalhava como babá e estudava na Paris-Sorbonne, cujo desenho da cúpula avistávamos do quarto do hotel, numa rota de luz que não conseguia nos distinguir, embotados sob lençóis.

Nosso segundo encontro, em seu alheamento preliminar, tornou-se, desse modo, um ciclo de conjurações, em que as palavras tentavam conformar explicações para justificar a longa ausência, mesmo que, eletrificados feito adolescentes num camping, só houvesse sentido no contato. Separados por duas xícaras de café, pela medida da mesa, pelo percurso da Saint-Germain até o hotel, por onde transitavam estudantes que nunca seriam acolhidos pela corrupção que pairava sobre aquele trecho opressivo do tempo, era exatamente do tempo que desejávamos puxar com garras o tecido, o desenrolar maquinal do momento suspenso em que ela pedia para que eu dormisse dentro dela. E, quando eu acordasse, ela estaria lá, aninhada ao meu corpo nu, ambos mornos por conta da quentura conservada sob os lençóis, e eu lhe despertaria com beijos e carícias até que a preguiça lhe desacomodasse, desabando em fragmentos invisíveis rumo ao banheiro, de onde ela voltaria com a pele ainda úmida, pedindo que lhe penteasse os longos cabelos lisos.

Movidos por essa infindável intenção foi que entramos naquele quarto de hotel em Paris, onde a penetrei, anos depois, com uma mansidão emprestada da última transa, dessa vez não tomado pelo temor de que me abandonasse, mas em decorrência da fragilidade do seu corpo rasurado por cicatrizes sensíveis de tortura, o tangível e o intangível ainda reféns de terrores que ela exorcizava com gozo e lágrimas, com o primeiro homem que, numa eternidade impiedosa, tocava-lhe com doçura. Ficamos naquela cama um dia e uma noite inteiros, até uma hora antes do meu voo de volta ao Brasil. Fazia dois anos que o governo tinha aprovado a Lei de

Anistia e, sentada no colchão com um cigarro trêmulo entre os dedos, assistindo a transmissão da cerimônia de casamento de Charles, príncipe de Gales, com a plebeia Diana Spencer, Lúcia fingia não escutar meus apelos para que retornasse comigo, ao pé da porta já destrancada aguardando o uso. Havia uma leitura clara naquela atitude infantilizada: ela tinha medo de que o perdão do Estado fosse um pretexto para ações furtivas dos seus antigos algozes. Seria isso para sempre, pensava eu, no assento do avião em decolagem, nunca mais a veria. Sete meses depois, deixava a agência quando, no deslizar monótono da porta do elevador, fui tomado de assalto pela presença de Lúcia. Segurava uma única mala. Estava grávida e linda como nunca.

Após a apresentação de uma sequência de slides, pedi ao funcionário do hotel que religasse as luzes do auditório e dei por encerrada a palestra. Os aplausos esparsos e dissonantes que soaram da plateia refletiam a desconfiança de jornalistas convidados de redações, agências de notícias e departamentos de comunicação empresarial diante de uma profissão que tinha acabado de adquirir legislação própria. O encontro fazia parte de um ciclo de debates cujo propósito era pontuar as diretrizes que iriam configurar o manual de assessoria de imprensa e quais seriam seus efeitos na prática da profissão dali por diante. Eu havia sido convocado por conta da minha experiência, para passar a mensagem de que a carreira, vista com certo charme quando comparada à redação, deveria ser uma decisão, e não mais uma aventura, de que, apesar da abertura desse novo campo que abraçava técnicas do jornalismo e das relações públicas, o desafio era manter a classe unida, fosse qual fosse a frente de trabalho.

Meia hora depois, o paciente funcionário do hotel ainda aguardava que o auditório fosse desocupado, de modo a ser limpo e redecorado para uma apresentação de dançarinos de frevo, como anunciava o cartaz preso atrás do balcão da recepção. Mesmo sob aqueles trajes formais, sentia meu corpo mais relaxado e as palavras fluíam na socialização com colegas cooptados fora do eixo Rio-São Paulo e velhos companheiros da Unipress, agora estabelecidos na Coordenação de Comunicação Social do Estado de Pernambuco, que teciam críticas sobre o momento de trevas financeiras que passava o país, com o pragmático ministro Delfim não conseguindo controlar o dragão da hiperinflação, que se calculava chegar ao patamar de 200% ao ano, e a dívida externa de 95 bilhões de dólares que seguia provocando falências, concordatas de empresas e o disparo do desemprego. Diante da sucessão do governo Figueiredo e o embrião do movimento das Diretas Já!, Sá-Pinto, ex-subeditor de cultura do Jornal do Brasil, que passara duas semanas mantido sob sessões de eletrochoque no DOPS, por conta de ter publicado os versos de Geraldo Vandré, temia pela escolha de Maluf pelo PDS e a volta do militarismo linha-dura. Se a emenda Dante de Oliveira não for aprovada pelos congressistas, ele argumentava, que ao menos o partido opte pelo ministro Andreazza, que é a escolha velada do próprio presidente. Quando o assunto era política, eu ouvia mais que comentava. Tinha minhas próprias razões.

    Foi quando divisei, entre as frestas dos rostos falantes que me circundavam à beira do palco, uma figura amorfa descendo pelo corredor acarpetado que ladeava os assentos. À medida que se aproximava, e do plasma cinzento emergiam contornos masculinos, estranhamente fui perdendo o ar, e um esmagar frio na barriga resgatou a tensão que me assombrava na época de ginásio no Pedro II, durante as temidas arguições em latim do professor Paulo Rónai. Minutos antes, no meio da apresentação, notei com atraso que um dos slides ampliados no fundo branco estava de ponta-cabeça.

Caminhei até o projetor, tapei a órbita luminosa com a palma da mão, virei o cromo e, na liberação do facho, a rota de luz distinguiu um espectador naquela massa difusa. Estava na segunda fileira, destacado atrás do assento vazio entre um assessor da Varig e um foca do Diário do Nordeste. A princípio, talvez tenha sido sua jovialidade o que me chamou atenção. Não pela óbvia imaturidade, mas pelo semblante ensolarado em meio a cenhos desmontados por noites maldormidas e vícios diversos. Era francamente belo também, um novo adulto em torno dos vinte anos. Rosto quadrado, queixo firme, cabelos anelados e sem corte, lábios delineados e olhos de menino. Tinha a estatura mediana, sadiamente magro, e vestia um blusão jeans aberto e dobrado na altura dos punhos, camiseta Hering preta, calça branca e All Star preto de bico emborrachado. Cruzava um pé sobre o joelho e abria um dos braços sobre o espaldar da cadeira ao lado. Notei que me encarava de forma insinuante, a combinação de olhar furtivo e sorriso travesso. Endireitei o slide e segui com a palestra, porém o retrato mental daquele rosto desconhecido interditava o fluxo de pensamentos e informações decoradas; por mais que eu me esforçasse para falar para a plateia ou buscasse um campo de fuga, meus olhos irrefletidamente se voltavam para ele.

Agora era ele de novo que se imprensava entre corpos, esgueirava-se sem licença pelas paredes de correligionários para se colocar à frente, interrompendo uma discussão acalorada sobre a autoria do atentado a bomba no Riocentro. Cara a cara, eu não consegui entender o que se passava comigo: o porquê das pernas bambas, daquela angústia sem nome que se infiltrava em mim. Esticou o braço e se apresentou. Seu nome era PIERRE PAN CHACON, repórter de uma agência internacional, com sucursais no Rio e em São Paulo. Apertamos as mãos de um jeito viril e, antes que eu pudesse dizer alguma coisa, ele se adiantou. Eu queria saber como é trabalhar para empresas que financiaram a tortura e o desaparecimento no regime militar? Silêncio geral.

Quando finalmente consegui sair do auditório, entoando sinceras desculpas para o funcionário aflito pelo adiantado da hora, o vapor da noite aderiu ao meu rosto sua película viscosa. No caminho até o quarto, pensava em tirar aquela roupa pesada, tomar uma ducha fria e vestir algo mais esportivo. Mas foi só dar de cara com a agenda aberta sobre a mesa de cabeceira que lembrei que tinha obrigações pendentes. Tirei apenas o paletó e subi as mangas da camisa até os cotovelos. Guardei o estojo de slides na mala e liguei para a telefonista, solicitando um interurbano para minha agência. A menos de um mês, tínhamos uma campanha nacional de vacinação contra o vírus da poliomielite, e eu precisava saber como andava o material de divulgação. Por fax, recebi as bonecas, fiz algumas correções e aprovei o slogan, o texto dos cartazes e a arte do personagem de apelo infantil que fazia alusão a uma gotinha. Estava bom para aquele dia; dispensei meus colaboradores. Em seguida, tomei uma longa ducha fria e, com o corpo pingando, me estiquei na grande cama de casal. Estava cansado, mas não com sono. Não tinha fome também. Pensei em ligar para casa, mas o horário não era bom, de modo que decidi sair e tomar um drinque no bar do hotel mesmo. Relaxar um pouco e esquecer o trabalho e as turbulências da redemocratização do país antes de voltar para o quarto em definitivo.

O bar ficava exatamente no centro da ala recreativa, planejada para servir de conexão entre os dois prédios. Ocupava a exígua parte coberta do espaço externo, um pé-direito alto acomodando uma choupana com telhado de colmos secos, que flanqueava duas piscinas de azulejo: uma para adultos e outra para crianças. O balcão de madeira amendoada, no formato de S, se estendia de uma ponta a outra, cingindo um painel iluminado de vidro, onde se enfileiravam garrafas, copos e tulipas. Duas chopeiras de metal transpiravam. Sentei num dos tamboretes pregados ao chão. Pedi uma garrafa de Brahma Chopp, que foi servida numa tulipa recém-lavada. O primeiro gole foi mágico.

O lugar estava movimentado. Em especial pelo corre--corre das crianças que se arremessavam nas piscinas, a contragosto dos hóspedes mais velhos que se refrescavam do calor com banhos noturnos. No balcão do bar, apenas os últimos assentos eram ocupados por dois adolescentes que escutavam seus walkmans, partilhando uma garrafa de Coca-Cola em dois canudos. Apesar da algazarra, era agradável estar ali. Imaginei minha filha em alguns anos, lançando-se na água sem cautela, sendo inconsequentemente criança. Enchi novamente a tulipa. O segundo gole era para relaxar. A lua nova emanava uma fluorescência à sua volta, num céu de estrelas que prenunciava mais um dia de sol.

Transgredi a folga mental e consultei a agenda do dia seguinte. Lembrei que o voo estava marcado para as quinze horas. Poderia fazer um passeio de barco pela manhã, almoçar uma lagosta fresca, tomar um sorvete de umbu. Levei a tulipa à boca no mesmo instante em que senti a passagem de um corpo, que se acomodou ao meu lado. Quando girei o pescoço, o líquido pareceu congelar no trânsito até o estômago. Pierre me recebeu com um sorriso solene. Havia tirado o blusão jeans, expondo seu porte atlético sob a camiseta de malha preta. Braços não musculosos, porém bem torneados. O tórax másculo era arvorado por pelos longos e escuros, contrastando com o rosto de uma lisura infantil. Infiltrados pelo neon do painel do bar, seus olhos miúdos adquiriam uma densidade ametalada.

Aceita companhia?

Desconcertado, indiquei o tamborete no qual ele já se preparava para sentar.

O que está bebendo? Cerveja não é o meu barato. Um hi-fi, por favor.

Acomodou-se ao meu lado, flexionando os joelhos de modo a girar o quadril e ficar de frente para mim. Sua juventude era exuberante e tinha o aroma cítrico combinado com alguma especiaria, a fragrância de uma colônia que eu reconhecia, mas não me vinha o nome. Era um homem com traços proeminentes de menino. Sobrancelhas arqueadas, cachos espessos e colados na testa, como se tivessem secado naturalmente após um banho de mar. O calor da noite nordestina tornava suas bochechas coradas. Pela primeira vez notei que falava com a língua presa. Bicou o drinque e voltou a sorrir.

Me desculpa pegar no seu pé lá no auditório. Tem dias que, enquanto não apronto uma, não fico satisfeito.

Ele irradiava uma energia que, por motivos que eu era incapaz de decifrar, me afetava. Estar com ele era uma condição incômoda que não me dava pista da sua origem, embora apontasse para uma conclusão com a qual eu não podia consentir. Por isso me agarrava à suposição do jovem jornalista que força uma amizade com o profissional bem-sucedido para filar um cartão de visita e fortalecer seus contatos. Era uma circunstância clara e simples de se lidar, mas eu não me via confortável nela.

Fico aliviado, não queria que tivesse uma impressão ruim do meu trabalho, respondi, me servindo da garrafa de cerveja.

Você faz o jogo deles, sabe tirar proveito dessa sociedade errada, do poder podre da direita mesquinha. Não gosto de gente que arma, que está sempre armando.

Para mim, é apenas business. Não me envolvo com ideais políticos.

Ele solta um riso de deboche.

Qual é, para cima de mim que não sabe que essas empresas americanas apoiam o regime?

Então, a solução é o comunismo? Estatizar tudo?

Marx foi ingênuo. O primeiro sentimento do ser humano é a competição. A disputa por riqueza move o mundo, mas todos têm que ter garantia de saúde, de educação, a casa própria. O Brasil precisa fazer a reforma agrária. Você não quer votar pra presidente?

Eu apoio a abertura democrática, se é isso que quer saber, mas não acho que a emenda será aprovada.

Ele se inclinou na minha direção e, com a borda do copo encostada nos lábios, baixou a voz ao tom de uma confidência.

Eu tenho uma fonte no Le Monde que me garantiu que existe uma gravação feita na Nigéria do Figueiredo declarando apoio às diretas e diz estar magoado com o PDS por forçar a sucessão em benefício do Maluf.

Isso pode ser uma esperança. Mas, na prática, não quer dizer muita coisa, pois é o Congresso que define a sucessão.

Por enquanto. O governo não vai aguentar por muito tempo a pressão dos comícios e a marcha de milhões exigindo o voto direto.

Bufei.

No Chile, as manifestações populares não tiveram efeito.

O que prova que Deus é brasileiro e comunista, por nos livrar do Pinochet.

Um brinde a isso, empunhei a tulipa. Tocamos nossas bebidas e sorrimos.

Era a primeira vez que eu me sentia despressurizado na presença dele. Minutos antes, quando decidi ir ao bar do hotel e tomar uma cerveja, a intenção era relaxar, desocupar a mente do trabalho na agência e das preocupações em casa. Queria apenas curtir o efeito analgésico do álcool, que me rendesse um sono fácil na volta ao quarto. Pierre não estava nos planos, mas eu começava a gostar da sua companhia.

Então, Pan Chacon...

Ele enfiou os dedos no bolso de calça e pescou um maço aberto de Salem mentolado. Puxou um cigarro com os lábios e me ofereceu outro. Meneei a cabeça. Atento, o barman surgiu com a chama de um isqueiro, em seguida depositou um cinzeiro de cerâmica com o logotipo do hotel rente ao braço dele. Aproveitei o ensejo e pedi mais uma garrafa de Brahma Chopp, que foi pousada milimetricamente sobre o círculo de umidade deixado pela anterior no balcão de madeira.

... é francês?

Belga. Da família do meu pai. Minha mãe é francesa. Sou brasuca, carioca da gema. Nascido e criado em Ipanema, na beira do mar.

Ele se inclinou para o lado, erguendo a bainha da camiseta e revelando, um pouco abaixo da cintura da calça, uma linha que dividia a brancura natural da pele do bronzeado. Piscou, deu uma longa tragada e descansou o cigarro no cinzeiro.

Também sou carioca, eu disse, e desviei o olhar. Meu pai era do Sul, funcionário de carreira do Banco do Brasil. Foi transferido para o Rio, onde conheceu minha mãe e tiveram dois filhos. Na minha adolescência, nos mudamos para São Paulo por um tempo, antes de voltarmos definitivamente para o Rio. Minha irmã mora agora em Niterói.

Ele tinha dado uma trégua ao copo, apenas me ouvindo com o maxilar apoiado no punho. O cigarro de menta incinerava-se lentamente, equilibrado no rebordo do cinzeiro.

Mas você também tem sangue gringo... Digo pelo seu sobrenome.

Meus avós eram poloneses. Imigraram para o Brasil fugidos da Primeira Guerra e fizeram parte da fundação de Dom Feliciano, no Rio Grande do Sul.

Meus pais também fugiram da guerra, mas da segunda, dias antes da França ser invadida pelos nazistas. Pararam na

Guiana, onde quase morreram de tifo, para depois seguirem para cá. Com algumas joias que esconderam, eles compraram um velho armazém e o transformaram numa fábrica de pães. Hoje são donos de duas padarias no Catete. Coincidência, né? A história das nossas famílias tem origem parecida, ele deu um sorriso radiante.

A diferença está na geração, peguei a tulipa e biquei a faixa de espuma. Sou de outro século. Vocês agora têm um mundo para mudar, com quantas ideologias precisarem.

O maior desafio da minha geração vai ser lidar com a liberdade. Crescemos em meio à repressão, aprendendo a recusar os papéis estabelecidos, a contestar os padrões. O próprio comportamento da gente era uma maneira de não estar submisso à ditadura, de se revoltar contra a alienação dos nossos pais. Os milicos prendiam e torturavam, e meus pais levavam uma vida normal. Pessoas desapareciam e suas únicas preocupações eram com as fornadas de pães.

Eles só pensavam em como sobreviver, ponderei.

Mas eu não quero isso pra mim, deu um peteleco no cigarro para soltar as cinzas e o levou aos lábios. Não quero ser aquele cara de trinta anos que tinha projetos e acabou acomodado como os pais. Quero viver livre, fazendo as minhas farras, transando amor melhor. Eu prefiro Toddy ao tédio.

É um bom slogan para uma camiseta, brinquei.

É o lema da minha vida. Eu tenho esse lado garotão, de sempre querer tirar uma chinfra, mas também tenho um lado rebelde, meio Kerouac. Saí de casa cedo, não tinha argumento que meus pais pudessem usar pra me convencer a não tomar qualquer decisão que me desse na telha. Botei a mochila nas costas e fui pros States. Saca esse novo som do Lulu? Ir pra Califórnia, viver a vida sobre as ondas. Mas, enquanto não conseguia ser star, tive que me virar em alguns trampos. Lavei pratos, fui frentista, trabalhei numa disco club. Depois larguei tudo e dei uma esticadinha até San

Francisco e acabei ficando um tempo por lá. Conheci uma pessoa, um rolo meio complicado. Transa pó?

Não, sou careta.

Ele passa os dedos em garra por entre os cachos.

Ah, eu sou uma pessoa que precisa de droga, um fuminho de vez em quando. O estado natural me cansa, me dá tédio ficar o tempo todo careta. Coisa de ariano. De sair derrubando tudo pelo caminho. Talvez por isso o lance nos States não deu certo e ficou meio deprê no final. Enfim, eu tinha juntado uma grana e decidi dar um pulo na França onde meus pais se conheceram. Fiquei bem lá por um tempo, mas, de repente, bateu um bode, uma saudade louca do Brasil e decidi voltar. Meu pai pensou que eu tinha vindo pra assumir os negócios da família. O país dava sinais da abertura e, saca só, ele achando que eu iria ficar atrás do balcão de uma padaria. Corri na direção contrária, fui fazer faculdade de jornalismo. Maior mancada. Agora penso que o melhor era ter ficado com as baguetes.

Desencana, não é tão ruim assim. Olha pra você. Chegar onde chegou com essa idade: repórter de uma agência internacional de notícias.

Ele afastou novamente os cachos sobre a testa, minguando o sorriso num beicinho. Um gesto tomado de doçura, de menino culpado.

Nisso eu tenho que agradecer aos meus velhos. Fui criado no meio do melhor. Muita música boa e leitura dos clássicos franceses em edições originais. Falo alemão e inglês também.

Interrompi o gole e divaguei, tomado de assalto pelo passado.

A França também faz parte de um período muito importante na minha vida.

Ele então tragou o resto da bebida num rompante, martelou o fundo do copo no balcão e empinou o peito, com ar de fanfarrice.

Alors nous pouvons parler en français?

Não, não, soltei a tulipa e abri as duas palmas num gesto de defesa. Conheço o suficiente para não passar fome e ter onde dormir.

Ele riu também e emborcou o copo, contornando a base úmida com a ponta do indicador esquerdo.

Mas você deve conhecer um pouco de polonês.

Meu pai falava. Mas essas palavras foram se apagando da minha memória.

Nesse momento, o som propagado pelos alto-falantes camuflados entre os colmos secos substituiu a programação ignorável de hits internacionais de uma rádio FM local por um repertório de samba, encabeçado por *O mundo é um moinho*. Os sopros introdutórios da flauta doce fizeram com que seu corpo reagisse a uma onda elétrica.

Sou gamado nessa música, anunciou no sopro de uma baforada. Cartola, conhece?

Sim, eu conhecia Cartola, sobretudo por conta de uma dessas casualidades que se fixam na memória abraçando um fato especial: minha filha tinha nascido no dia em que se completava um ano da morte do sambista. Me lembro de ter lido uma nota no Caderno B no desjejum que antecederia o parto imprevisto daquela tarde.

Minha esposa tem o elepê de 76, é um dos preferidos dela.

Às vezes chego a pensar que Cartola foi um sonho. Ouça esses versos, e começou a cantarolar baixinho, o que acentuava o ceceio da sua voz.

Preste atenção, querida
Embora eu saiba que estás resolvida
Em cada esquina cai um pouco a tua vida
Em pouco tempo não serás mais o que és

É lindo e triste ao mesmo tempo, interrompeu o canto.

Li no Zózimo que ele escreveu esses versos para a enteada que saía às ruas para se prostituir. São versos de amargura.

Ah, eu escuto como uma declaração de amor, retrucou ainda embalado pela canção, de olhos fechados. O amor verdadeiro, que cura e é bonito de todas as maneiras.

Pensei de imediato em Lúcia preenchendo com orgasmo o corpo cavado pela tortura. Na sequência, ele abriu o sorriso característico de menino.

Você deve ter achado isso cafonérrimo, não é?, gargalhou, escondendo o rosto contra a face interna do braço esticado sobre o balcão. Não me leve a mal, mas eu sou assim mesmo. Daqueles que ainda precisam dizer eu te amo, que exagera na dor de cotovelo e manda rosas roubadas.

Sorri com afeição.

Não precisa se envergonhar. Somos dois homens adultos que se apaixonam facilmente.

Foi então que ele inclinou o corpo na minha direção, desta vez tão próximo a ponto de falar ao pé do meu ouvido.

Sabe, eu só transo com broto. Mas, com esse bigode charmoso, você ainda está no ponto, bem desejável.

E inesperadamente senti o peso de sua mão deslizar pelo tecido da minha calça, correr pelo joelho e estacionar no vinco entre a coxa e a virilha.

Anos depois, sentado na poltrona desconfortável de um quarto de hospital iluminado apenas pelo brilho fleumático da tevê, ele vai pausando a cena mentalmente e, ciente das consequências que aquele gesto tomou, calcula a distância necessária para que tudo não passasse de um mal-entendido, o que poderia ter sido resolvido com um movimento milimétrico de perna. Relaxado sobre o tamborete de madeira, com o conteúdo de duas garrafas de cerveja no estômago e diante de um desconhecido com a metade da idade dele, concorda que, sim, deveria ter rechaçado aquele toque inapropriado com a resistência de um homem casado. Desde que reencontrou Lúcia, grávida de sete meses, na cabine do elevador, nunca tinha pensado, e muito menos flertado com qualquer outra mulher, tampouco com homens. Homens?! O que estava acontecendo?! Por que não repeliu aquele toque? Por que não se levantou, mostrou desgosto e se recolheu no quarto? Por quê? Dizem que unicamente ao terreno do absurdo pertencem as vontades que contradizem as mais sólidas convicções. Embora desde o primeiro contato visual no auditório tentasse se esquivar, de imediato ele se sentiu sexualmente atraído por aquele jovem de olhos de criança como, excitados, evocamos que sejam as noites de verão.

Subimos para o quarto dele, no quinto andar; o meu ficava no décimo primeiro. Logo que cruzamos a porta, ele me apertou contra a parede, me enquadrando com os braços retos. Era uns dez centímetros menor que eu, mas me parecia enorme naquele gesto de assalto. Meu corpo tremia, intoxicado pela convulsão de sentimentos úmidos e inflados. Sentia o martelar do coração desgovernado em cada osso, o suor das axilas escorrendo pelos trilhos das vértebras. A razão, ou o pavio incandescente dela, tentava me tirar da alcova daquele desconhecido, censurando a natureza da vontade com protocolos de masculinidade e retratos de família. Você não é essa pessoa, você é um homem de quarenta anos que dirige uma agência de renome, um homem casado com o amor da sua vida, que você resgatou do exílio, e pai de uma menininha de dois anos. O que está fazendo com esse garoto?

Sim, eu era tudo isso e continuaria sendo. Mas, naquele momento, qualquer convenção seria incapaz de reprimir um desejo que não precisava do outro para refletir. Era uma energia tão nuclear e brutal que me abalava mais que ao adolescente sentado com a prima mais velha do interior na cama de casal dos pais, assombrado pela iminência de perder a virgindade com alguém da própria família. Eu queria ele, apenas não sabia como conduzir a situação. Ele sabia disso e tirava proveito da minha inexperiência, pressionando-me contra a parede, fazendo as vezes de hipnotista com os olhos fincados nos meus. O silêncio do quarto era entrecortado unicamente pelos nossos resfôlegos. Ele não se movia, até que me beijou com brusquidão.

Beijar um homem faz com que ter beijado uma mulher perca todo o significado. Algo vigoroso demais para comparar intensidade. É inteiramente físico, dotado de uma brutalidade de ataque, com maxilas e dentes. A língua do homem é mais grossa e áspera, e duas não cabem numa mesma boca, de modo que o beijo fica mais molhado e explícito. Indomável. Nos beijávamos com urgência. Ele sugava os meus lábios, babando todo o meu queixo e o meu bigode. A princípio, fiquei confuso. Tentei aplicar os movimentos que conhecia, mas o ritmo era acelerado, compulsório, então apenas me deixei levar. Procurei o seu rosto e ele rechaçou o meu toque com um gesto violento, agarrando os cabelos da minha nuca e puxando com força para baixo. Lambeu o meu queixo empinado e foi escalando o pescoço, até abocanhar o lobo da orelha direita. Nesse ínterim, resistindo à lassidão do prazer, consegui me livrar de uma das mangas da blusa de algodão. No movimento atrapalhado para retirar a outra, fui interrompido por sua boca, que engoliu meu polegar até a base. Naquela zona úmida, sua língua era um animal lascivo, morno, roçando o talo em busca de cio. Com os outros dedos, segurei o seu queixo imberbe, introduzindo-os um a um dentro da sua mandíbula até sufocá-lo, engasgá-lo com a própria saliva. Em revide, ele puxou a malha contra a minha cabeça e cravou os dentes no meu peito. Cego pelo tecido, senti o gosto metálico do sangue em fervura, o meu e o dele.

Eu não tinha do que me envergonhar no meu corpo. O acúmulo da idade e do trabalho inevitavelmente acarreta flacidez e dificuldade de manter a frequência do cooper matinal, mas, tirando uma gordurinha na cintura e os cabelos agrisalhando na linha das suíças, meu aspecto não havia mudado nos últimos vinte anos. O problema foi ele ter tirado a camiseta antes; eu me senti em desvantagem. Havia uma juventude transbordando no seu corpo, e isso me constrangeu. Por um átimo, a excitação que me dominava por completo esbarrou num pensamento tangencial. Nada mudou, de fato, na cena: ele continuava me sugando com ardor e eu retribuindo na mesma velocidade. Porém, naquele fragmento de tempo, cheguei a questionar se eu não estaria me induzindo a encarar o desejo como uma compensação. Estaria eu tentando roubar daquele corpo vigoroso, definido em placas sólidas de músculos, uma vitalidade que eu nunca mais teria?

A pele do seu peito, embaixo do emaranhado de pelos, era alva, semelhante à de um bebê, os mamilos duros e rosados. Pensar que estar ali tinha sido uma decisão unicamente minha tornava o homem maduro que eu era indiferente ao escândalo de estar prestes a fazer sexo com um garoto? Eu poderia cogitar que sim, isso seria errado. Ele desabotoou a própria calça, e vi o volume desenhado embaixo da Speedo preta, com logotipo verde fluorescente. Ele era um menino, mas um menino ávido por prazer, querendo ser amado. Investi contra o seu corpo e o apertei o mais forte que pude.

Tê-lo nos meus braços, sentir o calor da sua pele, o suor, o descompasso da sua respiração, foi como deitar sobre uma bomba prestes a explodir. Ele tremia, eu tremia, os dois assustados com a pressão que nos comprimia um para dentro do outro. Com as janelas fechadas e a climatização desligada, o quarto ia se enchendo de odores almiscarados e outras excreções, condensando o ar numa massa quente e viscosa. Respirávamos o extrato das nossas respirações, sem fôlego, sufocados. O desejo era uma matéria viva, um terceiro que nos aliciava, nos entrelaçando com pares de compridos braços e pernas, nos penetrando dedos frouxos e viscosos. Eu queria mordê-lo, e acho que o fiz, esfregava meu rosto no seu pescoço e ombros lustrosos de suor. Foi quando senti o seu pau roçar contra a minha coxa sob o tecido grosso da calça. Havia escapulido do elástico da sunga e estava selvagemente duro. Eu nunca havia tocado noutro pênis que não o meu. Era assustador, porém com a vantagem de saber o que fazer. Fechei a mão num cone em torno da glande até esvaziá-la de sangue. Ele miou alto e, em vias de desmoronamento, pegou o meu braço à guisa de sustentação. Sem demora, comecei a masturbá-lo de maneira firme e compassada. Isso levaria algum tempo, mas era óbvio que não pararíamos por aí.

    Chupar um pau é igual a chupar o dedão do pé de outra pessoa, você apenas o faz. E eu o fazia como gostava em mim, sem pressa e molhado. Na verdade, e é terrível afirmar isso agora, irrefletidamente eu o chupava do jeito que minha esposa chupa o meu pau. Depois que a emoção do sexo perde vigor, o casamento não passa de valorização de pequenos caprichos. Lúcia se excita com carícias nas costas e leves sopros na nuca; eu gosto de sexo oral demorado e bem-feito. Era nisso que me apoiava para suprir minha inexperiência e fúria naquele momento. Havia descido sua sunga até os calcanhares. Para frente e para trás, movia a cabeça sem pressa. Ele ofegava feito um maratonista, tiritando as pernas de dobrar os joelhos. Cravava as unhas das duas mãos nas laterais do meu rosto, esmagando as orelhas e batendo minha testa contra a sua pélvis. Isso levou uns cinco minutos, tempo suficiente para ele perder o comando e se mostrar vulnerável, tal qual o menino que era. Então me ergueu pelos cotovelos e me empurrou outra vez de costas contra a parede. Com brutalidade, desafivelou meu cinto, descasou o botão da calça e descarrilou o zíper.

Eu não uso cueca, hábito de infância, de modo que, quando ele baixou o tecido até os sapatos, meu pau saltou em riste. Eu não conseguia senti-lo. Era apenas uma grande latência, como que concentrando todo o calor do corpo. Eu estava superexcitado, e ele parecia se orgulhar disso. Dando dois passos para trás, interrompeu o atracamento e, felizmente oferecendo uma trégua, ficou apenas fitando o meu pau duro enquanto se despia totalmente. Em seguida me envolveu com os braços tensos, deslizando o corpo contra o meu peito até ficar de costas para mim. Era um gesto de entrega sem palavras, vigoroso e delicado ao mesmo tempo. Dois homens nus podem se parecer muito com animais vorazes em silêncio.

Me livrei da calça e dos sapatos, não restou tempo para as meias. Como pares em um baile, rodopiamos abraçados até a beira da cama impecavelmente arrumada, ainda com os minissabonetes e as balas de menta. Ali ele se desprendeu de mim e, escalando no colchão de gatinhas, aplanou as costas e curvou os joelhos. Eu o queria loucamente. Espasmos corriam por todo o meu corpo, bombeando, explodindo, queimando os veios cavernosos. Não conseguia mais conter o animal em mim que retesava a coleira, eriçado em todos os seus milhões de pelos. Levado por essa fúria, cravei meus dedos fundo na pele macia do seu quadril e me projetei para frente. Não levei em conta a necessidade de lubrificação.

Penetrá-lo teve o efeito de empurrar com a ponta do indicador uma película fina de plástico até vencer a resistência. Ele gemeu baixo e estremeceu, eu uivei. Golpeava ele forte com a prancha das coxas, num ritmo violento, viril. Suas costas eram um vale de músculos contraídos e ossos angulosos inundado do seu suor, do meu suor, da minha saliva. Eu ia até o fundo e queria mais fundo, explorá-lo, absorvê-lo, anulá-lo. Éramos um, atados pelo desejo mais primitivo. Um cavalo domado, um centauro. Galopávamos, afoitos, num carrossel de sensações etéreas, recendendo a fricção da carne, o trescalo fecal, enchendo o quarto e nos sufocando mutuamente. Então senti que toda a força que me movia, que me mantinha vivo, começava a se concentrar no baixo-ventre. Um núcleo dilatável, líquido. Puxei-o com toda a força ao meu encontro e, tateando em busca de uma fenda úmida e morna, encontrei um membro enrijecido. Perdi o ar enquanto ejaculava brutalmente dentro dele.

Toda a voragem, o vigor que engendrava o ato sexual, escorria num fluxo opiáceo, amolecendo meu corpo com uma anestesia contagiante. Eu estava exausto, frágil, vazio. Tirando proveito dessa condição febril, ele girou a cintura embaixo de mim e, reprisando um golpe de luta romana, enganchou o braço no meu peito e montou nas minhas costas. Não havia como resistir. Eu era o coelhinho desconhecedor do mundo que, em sua primeira incursão ao largo da toca, seria devorado pelo focinho longo e lustroso da raposa em razão do rapto dos sentidos. A raposa era ele, todas as raposas que viriam depois.

CAPÍTULO II

Por um tempo o episódio foi apenas um incômodo, um desses quadros brandos de febre que delegamos a cura às ofensivas internas do corpo.

Quando voltei de Pernambuco, eu era outro, mas o país também era outro. O Brasil era outro e o mesmo a cada dia. Eu era outro, mas pensei que era o mesmo por um tempo. A abertura política ocorria em estado volátil. Figueiredo concedia anistia aos punidos pelos atos institucionais e se deitava de farda engomada. A mobilização pelas eleições diretas encompridava-se por avenidas e praças nacionais, contudo ainda persistiam os atentados praticados pelos militares da linha-dura. Nos meses finais de 83, o dragão da hiperinflação maxidesvalorizava o cruzeiro, provocando a redução drástica do capital empresarial em publicidade. A salvação ficava por conta da nova Rede Manchete e dos seus programas para a classe alta, dos anunciantes da revista que acabaram migrando para a tevê.

Concomitante ao controle da agência, eu tinha de lidar com tribulações domésticas. A saúde da menina passava por dias ruins. Reprisava sonos inquietos, uma agitação causada por descargas de calafrios e picos de febre, e Lúcia e eu nos revezávamos entre a vigília e a queda em intervalos de dormência, repondo panos úmidos sobre a testa em brasa e entre as juntas. Quando se tocava o peito livre da malha fina do pijama, sentia-se a fervura da batalha desleal entre o organismo imaturo e o agressivo invasor. Ficava o contorno vermelho dos dedos na tenra pele arrepiada pela madrugada que se derramava do mundo por detrás da janela, uma existência ausente do quarto sufocado pelo peso da preocupação.

Há uma verdade irrefutável no exercício da paternidade: seu filho ficará doente. Cedo ou tarde, eventualmente ou de maneira constante. Ele ficará doente, e isso é terrível.

Ter um filho é escravizar-se, ser acorrentado a uma grande pedra que você levará durante todo o dia sobre os ombros, até o alívio contado do início do sono. A doença do filho impede essa trégua, faz com que a grande pedra apenas se desloque dos ombros para cima do peito. É impossível respirar adequadamente. Será sempre a plena sensação de cansaço.

Pois tão somente extenuado é que se descortina a realidade de medicamentos e enfermidades que sequer sabia que existia. Vírus, bactérias, bulas. Mililitros de combate, folhas de papel riscadas com horários e dosagens, cartografias de sobrevivência para curas falíveis. Medicar um filho é ganhar tempo, criar um período de frágil estabilidade que se curvará a cada mudança climática. As drogas para crianças são inúteis para os pais.

Você passa a ter um único amigo, o pediatra. A ele se restringem seus pedidos de socorro, seus telefonemas sem fôlego em horas inoportunas, e só há consolo quando a voz serena dele atender, garantindo que tudo ficará bem, embora, do outro lado da linha, você continue questionando sua presciência. Todo pediatra é pragmático, pois um pai nunca o é. Os sintomas se repetem, mas sempre carregam o choque da novidade. Trata-se a criança não em prol da saúde, e sim pelo ganho de um tempo de sossego. Abandonar a vigília por alguns minutos e avançar até a janela para flutuar no canto da noite, respirar e dar-se conta de que há milhares de opções lá fora, embora a que lhe interesse de fato gema febril sobre a cama.

A menina tinha vomitado pela manhã. Ela vomitava uma gosma opalina pela manhã fazia alguns dias. Encolhida no sofá de amamentação sem uso, no lado escuro do quarto, Lúcia ainda contava com alguns minutos de sono. Sem me valer de palavras, conduzi a menina ao banheiro. A despi do pijama emplastrado no corpo amolecido e lhe dei um banho fresco, amparando-a com um dos braços. Enquanto a vestia, Lúcia despertou e checou a temperatura. Quarenta graus. Cobriu a camisola com um vestido. Ainda em jejum, a levamos ao pediatra.

O consultório estava cheio. Crianças doentes e outras, inquietas, que logo ficariam doentes também. Como não estávamos agendados para o dia, seríamos dos últimos a ser atendidos, o que pouco a pouco comprometia minha permanência. Eu tinha uma reunião com o próprio Adolpho Bloch, fundador da Manchete, no prédio espelhado da Rua do Russel, naquele início de tarde, de modo que deixei o carro com Lúcia e tomei um táxi.

Algumas horas depois, Lúcia ligou para a agência. Eu não estava. A secretária me passou o recado e retornei para casa. O pediatra havia pedido alguns exames complexos. Lúcia tinha a voz chorosa, temia que fosse algo grave. Tentei acalmá-la. Meu estômago doía, virava-se com dois cafezinhos. Prometi para Lúcia que chegaria cedo. Não consegui. Precisava comer algo. Não consegui. Era noite quando por fim encerrei o expediente.

Havia uma interdição no início da rua que provocava a lentidão do tráfego. Talvez um acidente, minha visão falhava.

Com isso, o tempo de espera por um táxi poderia ser maior que o do percurso para casa, e a pressa de estar com Lúcia e a menina não admitia a eventualidade. Decidi utilizar o transporte público.

Consegui um espaço no centro do ônibus. Abraçado num cano de metal, apoiava a maleta ao lado do joelho flexionado. À medida que o coletivo acelerava, freava, adernava, sacudia, eu me defendia da gravidade com mobilidade de marionete, esticando, encolhendo, dobrando, contorcendo-me a favor de quem precisava superar a superlotação e alcançar a porta de saída nos fundos. Não estava abafado, ao menos. Os vidros abertos tragavam a fumaça dos cigarros baratos queimando no trilho das janelas, mas não minimizava o constrangimento de ser obrigado a consentir braços, pernas e flancos desconhecidos me roçando, pois o pensamento dominante é apenas o de não despencar sobre alguém.

Foi justamente nessa gincana que o percebi. Ele estava ao meu lado, agarrado no arco da estrutura de um banco. Devia ter entrado há pouco na casa dos vinte. Usava regata marinho, calça branca e docksides azuis. Dadas as circunstâncias, constantemente se encostava em mim, indo e vindo segundo o fluxo contido. Depois de ceder a passagem para uma senhora gorda com um arranjo de bobes multicoloridos sob um lenço, ele ficou colado ao meu corpo, e então percebi que massageava o meu pau. Furtivamente, passara o braço sob a bainha do meu blazer e raspava o dorso da mão contra a braguilha. Fazia isso de maneira sutil, quase imperceptível. Porém não era de todo, e então veio o choque. Eu revivia a situação de ter um cara me bolinando, e não reagia furiosamente, esquivando-me com brusquidão. Eu de novo consentia. Por quê? O estranhamento que se fixou após o espanto foi evoluindo para um sentimento inestimável, algo próximo à excitação diante do desconhecido. Quem era esse novo cara? A que novos caminhos ele poderia me conduzir?

A fricção era contínua e firme, apesar dos empuxos, e logo eu estava com um volume teso dentro da calça. Ele percebeu e concentrou o ritmo. Daí, inexplicavelmente, parou. Com uma impassibilidade doentia, pediu licença e se juntou ao fluxo que descia no ponto solicitado. Desconcertado, eu o segui. Não sabia o motivo. Estava longe de casa.

Caminhávamos por ruas sombrias, ligados por uma fidelidade canina. Ele na frente, sem olhar para trás, e eu pisando sobre a ponta da sua sombra esticada. Íamos contra a corrente de pessoas saindo do trabalho, cruzando avenidas congestionadas ao largo das faixas de pedestres. Embora não alardeasse, ele sabia que eu o perseguia, então mantinha passadas moderadas, livrando-me da chance de perdê-lo de vista.

De repente, entramos num beco de chão de paralelepípedos que desembocava numa espécie de teatro com a fachada em ruína. Estava espremido entre uma bodega e um prédio de apartamentos, sequer tinha cartaz. Passei pela roleta de ferro rangente sem comprar um bilhete e avancei por uma recepção que se resumia ao hall da entrada e uma espessa cortina de veludo vermelha. Era uma sala de cinema caindo aos pedaços. As paredes e o chão acarpetados cheiravam a mofo. Algumas cadeiras estavam quebradas ou desfalcando o grupo. Na tela manchada, um filme levemente fora de foco exibia a cena em que duas enfermeiras, uma ruiva e uma preta, acariciavam, sob o lençol, o abdome desnudo de um cara com a cabeça enfaixada. Parecia ser dos anos 70. Tudo ali fazia parte de um tempo incinerado, afinal.

Eu não o via mais, e comecei a caminhar pelo corredor em direção à tela. Havia não mais que meia dúzia de fantasmas obscenos naquela sala. Quando faltavam três fileiras, decidi me sentar. Por algum motivo, achei que era o melhor a fazer.

Ele havia me atraído até ali, conhecia o lugar. E não tardou para que eu percebesse que tinha sido uma decisão acertada.

Um vulto foi se expandindo contra o assento ao meu lado e se acomodou. Durante um tempo, apenas se resignou aos gemidos estridentes que assombravam a sala, o olhar fixado na tela. Agia conforme um espectador que, tal como eu, não era habitué do local. Foi aí que senti uma mão pousar sobre a minha calça, na altura do joelho, e deslizar em direção à virilha. Logo se repetia o movimento do ônibus, porém agora mais acelerado, mais rude. A dinâmica irrigava minhas coxas e barriga com veios elétricos, cujo núcleo ficava sob a pélvis. Intumescido, latente. Aquela mão masculina me esfregava com força sobre o tecido, e eu já não conseguia me aguentar, a ponto de doer, quando ele enfim abriu a braguilha e me libertou. No movimento de inclinação da cabeça, contudo, um facho inesperado revelou que não era ele. Não era o cara do ônibus. Quem era aquele outro? O que agora me engolia. O outro que...

Voltei àquele cinema inúmeras vezes, porém nunca mais encontrei o cara do ônibus. A menina teve de aumentar as sessões de radioterapia, e eu não tive mais tempo livre depois do expediente exaustivo da agência.

CAPÍTULO III

A menina dorme e o pai imagina se a doença dorme em comum. Uma trégua de algumas horas na batalha implacável entre o imaturo organismo inundado pelas drogas quimioterápicas e os linfoblastos. Sentado na poltrona ortogonal ao leito, uma posição inflexível e sem conforto, ele conjectura a possibilidade de pausa da produção dos glóbulos brancos anômalos, malignos, uma remissão que, embora incoerente, seria acolhedora. Não há indício aparente, contudo. Nenhum avanço verificado na contagem dos elementos sanguíneos que apoie a intervenção terapêutica. Um mês e duas semanas de internação hospitalar e a menina, a pele mosqueada por agulhas de transfusões, lhe parece incorrigivelmente anêmica, uma palidez mortiça que se acumula nas covas do rosto, fazendo-o perder o feitio infantil, rivalizado unicamente pelo lenço de seda vermelho que envolve a cabeça despelada pela radiação.

Uma espécie de tubérculo amarelo enraizado naquele colchão sem espessura, ele compara. Algo que lhe dá vontade de afundar a mão feito terra úmida e extirpar o viço químico, arrancá-la de vez daquele estado inatural, mas lhe falta força. Está cansado demais, um esgotamento cujo nível só pode ser equiparado ao da esposa que, depois de assistir a menina durante todo o dia, todo o tempo em que ele lida com os afazeres intransferíveis da sua prestigiada agência, se enrosca na malha felpuda da coberta a fim de repousar num quarto escuro que não cheire a iodo e assepsia.

A ele, o que incomoda de fato é o zumbido das máquinas de salvamento que, por ser regulado para soar inexistente, troa por todos os corredores, todos os andares. Na maioria das noites, não consegue dormir, sequer tirar um cochilo. É claro que não lhe faz bem a privação, mas o tipo de pai que decidiu ser tem de parecer sempre disposto para a filha, entusiasmado com uma das poucas vontades que seguem resistentes, a de contar com a sua companhia na tênue distração fornecida pelos livros e pela programação da tevê.

Com exceção de hoje. Hoje a menina passou alarmantemente exausta, imersa num estado de desaparição que lhe conferia o mesmo tom destinto do pijama hospitalar e conectada a balões de soro de onde extraía força para breves instantes de lucidez. A equipe médica a visitou duas vezes, chegou a demonstrar inclinação real para o transplante. A mãe chorou ao telefone com o pai, de novo ausente. Este chegou atrasado, a filha já dormia. De qualquer forma, deixe a tevê ligada, a esposa sugeriu, aflita pela abstinência do cigarro que não pode sair para comprar. Sem volume, caso a menina acorde e queira assistir o show de calouros que antecede os documentários sobre o reino animal de que tanto gosta.

Em vigília, a luz artificial que escapa do tubo lhe acerta em cheio, enfeixando-se num disparo contínuo de matizes frias reunidas naquele quarto estreito, naquela cápsula que parece gravitar única numa vastidão de completa desclaridade, exceto quando avançam os faróis dos veículos pela entrada do hospital, alguns andares abaixo, emprestando ao teto um brilho clandestino que se desloca imperceptivelmente, criando ângulos onde antes não existiam, desenhos sumários de sombra que são absorvidos pelo concreto.

O câncer lhe devorou a infância, ele conclui encarando a compleição frágil da menina sob os lençóis. Não há qualquer nesga de pureza nela, concessões para atitudes tirânicas, dengos ou pirraças. A doença transformou massa de modelar em cimento, extraiu-lhe os dentes de leite. Caso sobreviva, ela agora está numa espécie de limbo até a fase adulta. Não consegue mais ser imaginação, a menininha de rabo de cavalo e jardineira que corria naquele dia ensolarado em movimentos flutuantes no rastro de outras crianças e que de repente caiu e ainda não se reergueu. Nesse dia o pai não estava em casa, como de costume. E, ao disparar hospital adentro, o diagnóstico já estava definido, a filha precisava ser transferida e submetida à internação com urgência. Ele se recorda bem da feição levantina do médico, dos mocassins marrons regiamente engraxados do médico que se dirigiu a ele e à esposa, agarrados numa tensão rampante no banco frio da sala de espera.

Os leucócitos saudáveis dela estavam morrendo, o extermínio dos glóbulos brancos causados por uma legião de linfoblastos, um exército do mal que comandava a infestação, agora tão espessos e intratáveis que ele os vê escaparem pelos orifícios do rosto da menina, ganhando terreno nas paredes, arrastando seus corpos cilíndricos e filamentosos sobre o revestimento livoroso e repleto de adesivos infantis, acumulando-se em torno da marca silhuetada do corpo de um pai que permanece fixada às suas costas, mesmo quando ele se levanta.

Vai ao banheiro. Se debruça sobre a placa de granito que conforma o lavatório, abre a torneira e ataca a rigidez do rosto com as palmas juntas, cheias d'água fria. Observa o ralo escuro sorver remansosamente os mililitros que escorrem de si. Usa a ponta do indicador e a do polegar, em movimentos circulares, para alinhar o bigode úmido. Aplica o mesmo gesto, com mais intensidade, no centro da testa, para fins analgésicos. Não se olha no espelho, está muito cansado, prefere olhar para trás, para antes do corredor clareado por gaiolas de lâmpadas gasosas, de adentrar o quarto da filha suspensa num sono químico, de render a esposa com os olhos afogueados pela impotência materna. Lembra que ainda não se limpou devidamente. Descerra o zíper da calça e saca o pau flácido por entre a abertura. Umedece um maço de papel higiênico e hidrata a glande, sem se incomodar que pingue sobre o tecido, não irá a outro lugar durante a madrugada. Apaga os vestígios da sessão de cinema, a saliva seca do cara que engolia seu cacete sem tomar fôlego, famelicamente, como se quisesse, ou pudesse, extrair um tipo de aditivo nutricional. Dessa vez não ejaculou. O cara, essa filiação de seres constituídos de massa escura, sem rostos próprios senão aquele que sempre imagina, interrompeu o ato e se levantou, desaparecendo contra a claridade que se derramava sobre as primeiras fileiras. Então ficou paralisado, com o pau intumescido ao léu, encarando detidamente a tela, como se importasse o filme que sempre é o mesmo, como se importasse qualquer outra coisa.

O que lhe dá acesso irrestrito ao cinema é a escuridão, ou, ao menos, o claro-escuro. Se convence de que, em qualquer outro nível de irradiação, não se acomodaria sem reservas num daqueles assentos onde o chão se agarra às solas dos sapatos. O procedimento também é dos mais ordinários. Basta avançar pelo corredor acarpetado e escolher uma dupla de cadeiras livres. Não demora e uma presença imprecisa ocupa o lugar ao seu lado. Por um tempo, serão apenas dois espectadores olhando com determinação para frente, ombro a ombro, intercalando o ruído da respiração numa escala ofegante capaz de se superpor aos atritos e aos gemidos exagerados que explodem contra as cortinas ao fundo. Até que ocorre o primeiro contato. Um toque abrasivo que se espalha timidamente sobre o tecido da calça até angariar permissão para escapulir para a parte interna e subir pela costura central, massageando a braguilha. Ali, o movimento repetitivo provoca a hirteza do que está dentro e do que está fora, uma pulsão atroz para se encontrarem na condição de um volume que não cessa até a fricção superar os dentes de ferro do zíper e ser imediatamente abarcado pela cova úmida onde serpenteia a carne larga e áspera responsável pela salivação. O volume é sugado até a base, lubrificado em todo o seu comprimento, a pele fina, as veias e o bulbo, todos amortecidos pela sensação gostosa que o faz cravar os incisivos nos próprios lábios e virar pelo avesso os olhos, encontrando uma escuridão viva dentro da escuridão artificial, um desmaio dentro de si. Tudo acontece ali, numa sessão vulgar de cinema, ao preço vulgar de um bilhete de papel frágil. Por isso ele vai, porque é vulgar.

Sem confiança, ergue o rosto e a figura que o encara friamente no espelho lhe desnuda a mentira. Ele sabe que é mentira a cada saída daquele teatro em ruína, espremido entre uma bodega e um prédio de apartamentos. Ele também tem um câncer, um tipo de câncer selvagem que não está inclinado à remissão, uma legião de linfoblastos que se alimenta de legiões de linfoblastos, envenenando o sangue, uma perturbação que não pode ser tratada com quimioterápicos ou radiação. A mentira é um tipo de falência inconveniente e, ao mesmo tempo, lenitiva, uma condição que o divorcia daquele tempo encarcerado cuja pena cabe a ele e à esposa, mas que transgride quando está fora do pálido quarto de tratamento intensivo em nome da pressão do desejo de voltar ao cinema e àquilo que seus frequentadores fazem lá dentro, por conta de um tipo elevado de masturbação que não lhe parece em nada desleal.

Não se arrepender disso, ainda que a sensação de culpa sirva unicamente para acalmar o seu espírito, é tão insensato, para não dizer covarde, quanto enxergar resiliência naquele espetáculo que apresenta todos os dias para si mesmo, correndo esbaforido contra o tempo, demonstrando garra para estar presente ao cair da noite, infatigavelmente junto às duas, mentindo para as duas, enquanto suas pernas ainda tremem involuntariamente em função da dormência do orgasmo recente. A filha e a esposa, ambas vítimas de agressões, ambas reféns de torturas severas, são, sim, resilientes; ele, não. Ele é um fraco, um títere, um ator de segunda categoria, um enganador que tenta encobertar seu comportamento desavergonhado com algumas horas de doação, pois rivalizar a vigília com esgotamento físico lhe preenche com uma ilusão reconfortante de cumprir o papel de pai cioso ao lado da filha doente. Pois não é. A vida é real demais para se imaginar que há algo de mágico nela. Reencontrar, quase quinze anos depois, aquela mulher que seria a sua esposa, exilada em Paris, não passou de uma casualidade, uma coincidência que, abraçada com tamanha paixão, ganha uma moldura edulcorada, uma trégua para ações levianas que culminaram na inesperada gravidez da menina.

Eles eram amantes regressos que queriam provar que poderiam reatar um amor que ficava menor enquanto a incumplicidade crescia, no tempo transcorrido desde então, e não para materializá-lo fortuitamente. Não que isso fosse mau, não havia nada de mau em terem se tornado pai e mãe às custas de um sentimento em reconstrução. O destino não pode ser inventado, ele apenas segue o curso devido. Você pode dizer para um filho que ele não é amado, mas nunca que foi um acidente. (Confronta a figura no espelho.) Enganar a si mesmo nunca é tão fácil quanto enganar todos ao redor.

O pai fecha o zíper e, no momento em que cruza a soleira do banheiro, distingue a caixa de luz fria se encher de uma emoção de cores. Entra em cena, num corte suave de programação de tevê, a abertura do documentário sobre o reino animal de que a filha tanto gosta. Ele pensa em acordá-la, passar a face interna dos dedos com ternura sobre as bochechas pantanosas dela, mas presume que não; no estado das coisas, não seria aconselhável.

Retorna à posição inflexível da cadeira, sem conforto, e encara solitário o monitor. Um coelhinho pardo sai da toca, a câmera registra o movimento em close. As orelhas erguidas, o focinho inquieto captando a velocidade do ar e a composição de odores num raio de alguns metros. Parece temeroso, saltita sem motivação sobre ramos secos e cascalhos, aparentando ser essa sua primeira incursão fora do ambiente familiar. O plano vai abrindo devagar e, numa escala gradual, é possível verificar que se trata de uma pradaria, loteada por tufos medianos de uma espécie selvagem de planta crespa com cristas violáceas. O coelhinho segue sem fibra, reprisando gestos característicos, quando inesperadamente se depara com uma raposa-vermelha. A câmera focaliza o encontro casual, os animais congelados por alguns segundos como se alguém tivesse acionado o PAUSE, uma tensão que se inclina sobre o que virá em seguida.

Da mesma maneira, paralisado, o pai torce para que tudo termine bem. Para que algo, de alguma forma, termine bem no fim das contas.

CAPÍTULO IV

Aquela seria a última chamada. A mala estava feita ao pé da cama.

Eu passava em revista o quarto, checando o interior das gavetas e do roupeiro, debaixo dos travesseiros e dos lençóis amarfanhados que recendiam os vapores do sono. O bilhete de passagem da Vasp estava no bolso do blazer. Ponte aérea, embarque em uma hora. Palmeava o tecido poroso, num gesto agitado de insegurança, quando a campainha soou. Era a telefonista do hotel, que, com a voz nasalada, pedia autorização para transferir o telefonema do senhor Barcellos. Emudeci por alguns segundos.

Em meio ao trânsito desordenado de pensamentos, não conseguia localizar em que trecho da memória danificada pelo cansaço se encontrava a conexão para aquele nome.

Perguntei de onde era o senhor Barcellos. Ocorreu uma espera momentânea, e o impacto da resposta me dobrou os joelhos. Sem força, caímos eu e o fone no chão.

Aquela seria a última chamada, porque eu precisava retornar, com urgência, para o hospital. O telefone estava sobre a mesa de cabeceira de um quarto de hotel na Avenida Paulista onde eu tinha pernoitado por conta de uma reunião intransferível de negócios que aconteceria na manhã seguinte. Fazia duas semanas que a agência preparava, sem a minha supervisão ativa, um filme para a tevê do novo serviço de um banco de varejo. A campanha ainda incluía spots em rádios FM e anúncios para jornais e revistas. A Manchete seria a primeira inserção. Era algo massivo. Algo para rivalizar o apelo da propaganda do Bamerindus, como deixara bem explícito o cliente, de modo que não me restava outra escolha senão me ausentar da vigília, mesmo que o quadro clínico seguisse agudo e alarmante. Por uma noite, talvez duas, não mais, prometi, fitando o rosto devastado de Lúcia.

É claro que a menina, em seus turnos de lucidez, sentiria a minha falta, pois assim é um filho que nada pode abraçar além da presença resistente dos pais. Mas a mala, eu segui garantindo, voltaria com o boneco que ela tanto queria. Isso é o suficiente, Lúcia, para uma criança não se dar conta de que subsiste em tréguas incontingentes.

Passei o dia reunido com minha equipe, retocando os últimos frames na ilha de edição, depois debruçado sobre a prancha da arte final. Com o material pronto, fui com o carro até o apartamento, fiz a mala e de lá tomei um táxi até o Santos Dumont, onde tive a primeira refeição do dia. Tentei cochilar no voo, a fim de, mesmo distante, permanecer alerta no curso da noite da menina, na hipótese de Lúcia precisar me ligar, mas não consegui. Apaguei. Despertei confuso, na transição neutra das primeiras horas, percebendo que não estava vestido adequadamente.

Essa sensação de que algo estava fora de ordem resistiu mesmo ao choque da ducha fria, da mudança de roupa e do desjejum remansoso em meio a filas de mesas vazias. Na recepção, solicitei uma ligação para o hospital, porém a tentativa foi sem sucesso. Pedi que a telefonista insistisse, mas seguiu não completando. O horário ficou apertado, então registrei o telefone do escritório onde iria ocorrer a reunião, diante da necessidade de me contatarem. Tomei um táxi, e a sensação de desarmonia embarcou comigo.

Fui o primeiro a chegar. Minutos depois, em espaços de tempo regulares, o diretor financeiro, os assessores e os conselheiros do banco entraram na sala onde a secretária tinha me alojado com a cortesia de uma xícara de café recém passado e o acesso ao videocassete. Apertos de mãos, e um a um foi ocupando os assentos em torno da mesa. A secretária trouxe café para todos. Hollywoods foram acesos, o ambiente se aquietou, era a minha deixa. Sem demora, abri a valise e iniciei a apresentação da campanha pela propaganda impressa. Resgatei parte do briefing e teci considerações sobre o apelo do slogan, a escolha da tipologia, a disposição da logomarca e a aderência da imagem de fundo no aceno popular. Todos se mostravam integrados e dispostos a me escutar. Faziam colocações pertinentes, intervinham com comentários elogiosos. Isso era recompensador e começou a me estimular. Interagir com pessoas imunes àquele espaço infeccioso do hospital, onde todos coexistem, doentes ou não, abatidos, tornou-se revigorante. Me senti leve. Ainda que isso fosse desleal com Lúcia e a menina, durante o tempo em que analisavam as cores e nublavam o recinto com fumaça de tabaco, me senti vivo. E talvez tenha sorrido em razão disso. Um pouco.

Aprovado o material, me levantei e inseri a VHS. Expliquei a proposta do filme, pressionei PLAY e me sentei também para assisti-lo. Exatamente aí a secretária retornou à sala e, de maneira discreta, aproximou os lábios do meu ouvido e avisou que o hotel havia comunicado que minha esposa tinha deixado um pedido para retornar com máxima urgência. Saí da sala incontido e, tomando o primeiro aparelho que vi, disquei para o hospital.

    A telefonista já aguardava a ligação e, segundos depois, o vazio mecânico da espera foi preenchido com brusquidão pela voz rouca de Lúcia, dizendo, tentando dizer ou não dizendo que o quadro clínico da menina havia se agravado na madrugada anterior, que a doença ficara agressiva a ponto das altas doses de quimioterápicos e as exposições de radiação não sustentarem o efeito remissivo e, diante do risco do fracasso, do prognóstico hostil, o transplante seria realizado naquele mesmo dia, quiçá no próximo, visto que os enfermeiros a tinham transportado mais cedo para o centro de tratamento intensivo e a junta médica ia e vinha sem formular um parecer oficial, um suspense atroz que se expandia nas interpretações mais drásticas do silêncio, o qual ela não podia suportar sozinha, pedindo socorro, pedindo que eu voltasse imediatamente.

    Contra o choro inconsolável no lado distante da linha, eu sondava brechas para legitimar minha ausência, mantendo a postura otimista de que tudo ficaria bem, de que ela deveria domar o descontrole emocional, caso fosse cobrada a racionalizar decisões para proteger a menina ou voltasse a ter acesso a ela, a vestir a máscara da confiança de que tudo seguia em direção à sua melhora, ainda que ninguém mais soubesse para onde se seguia. Meu avião decola daqui a poucas horas, Lúcia. Segura as pontas que logo estarei aí.

    Desliguei o telefone, e a sensação que me incomodava desde que acordei se compaginou à pressão da culpa, paralisando-me, como se, por um instante, meu corpo não entendesse o peso. Lúcia estava sofrendo, eu sabia. Lúcia era frágil, mas resistente. Lúcia fora torturada das formas mais medonhas nas dependências do DOI-CODI, foi expulsa da juventude. Todavia, e era mais que suposição, nenhum sofrimento se equipara à perda de um filho. Isso a enlouqueceria, acabaria com a nossa vida. Eu não poderia perder Lúcia outra vez.

    Tomei um tempo para respirar e organizar minimamente os pensamentos. Quando retornei à sala de reunião, fui surpreendido com aplausos calorosos. Todos tinham adorado o filme, alguns até exageravam que seria um estouro, um ganhador de prêmios. Tentei fazer o jogo deles, rendendo-me a mais uma rodada animada de cumprimentos, porém, a ideia fixada na angústia de Lúcia perambulando por longos corredores assépticos em busca de informação era desconcertante demais para eu sustentar por muito tempo uma normalidade postiça. Puxei uma cadeira e me sentei. Todos se calaram e passaram a observar a minha rendição. Contei sobre a chamada telefônica da minha esposa na ala intensiva do hospital e sobre a preocupação insone em relação à saúde da menina, sem entrar em detalhes mortiços.

    Houve uma pausa muda. Alguém então falou: todo filho é um vampiro.

    Não sei quem foi, não vi, pois a voz surdiu nas minhas costas. Ergui a cabeça e me virei. Como alguém poderia ser tão cruel em dizer algo assim de uma criança? Como poderia não se valer de um mínimo de respeito ao tormento que eu acabara de confessar? Eu deveria ter me levantado e reagido com explosivo descontentamento, cobrado que se entregasse o responsável pelo comentário covarde contra a minha filha. Mas não o fiz. Lúcia, sim, teria feito. Teria brigado, transparecido para todos naquela sala que não iria se omitir. Lúcia era destemidamente tola. Pegou em armas, tomou um tiro imaginando que poderia derrubar uma ditadura militar com ideais e vontade.

    Um câncer não deixa de existir porque você deseja a cura.

    Recolhi as provas e a VHS, fechei a valise e dei por encerrada a reunião. No caminho até o elevador, fui seguido por um dos assessores, com quem perdi mais alguns minutos acertando detalhes referentes a prazos e pagamentos, depois tomei um táxi de volta ao hotel, onde refiz a mala às pressas, pensando em usar o tempo de espera do voo para percorrer o aeroporto atrás do boneco que a menina tanto queria, de modo que revisava a minha estadia pelo quarto quando o telefone tocou. Cogitei não atender, mas poderia ser Lúcia com novidades acerca do quadro da menina. Não era. Era o senhor Barcellos.

    Alô, Barcellos...
    Achei o cara.
    Que cara?
    Achei o cara.
    Onde?
    Em São Paulo.
    Falou com ele?
    Não. Falei com um colega.
    O que disse?
    Passei o número do hotel.
    Do hotel onde estou?
    O número que me deu.
    Ele vai me ligar?
    Não. Ele me ligou.
    O que ele disse?
    Que ele vai até o hotel.
    Quem?
    O cara.
    Que cara?
    O cara que você está procurando.
    Ele vem até o hotel?
    Foi o que o colega disse.
    Pierre vem até o hotel?

Há três anos eu perseguia um fantasma. Me valia de circulação fácil por redações e agências de notícias para chantagear colegas a investigarem um nome. Cobrava a descoberta de uma pista, aguardava, ligava de volta, insistia e, quando dava por mim que era um esforço inútil, iniciava o mesmo procedimento em outro lugar. Plantei detetives em veículos de comunicação dentro e fora do Brasil. Reuters, Los Angeles Times, Le Monde, Life, Le Soir. Paguei tradutores para efetuar ligações de longa distância e telegramas telefonados. Enviei mensagens transmitidas por máquinas de telex com descrições físicas, a variação de uma imagem que ia rareando devido à impossibilidade da renovação do contato. Com o tempo, eu ficara mais incisivo, mais irascível. Reclamava favores de repórteres para os quais tinha passado furos, informações de bastidores ou entrevistas exclusivas com pessoas ligadas a clientes da agência. Coagia editores de jornais recompensados com propagandas de empresas que bancavam a Oban, cujas campanhas eram dirigidas por mim e a mim cabia o plano de divulgação. Todos que haviam sido, de alguma forma, em algum momento, favorecidos, tinham uma dívida a pagar.

Barcellos era um desses. Em 83, quando era repórter especial do Caderno B, me contatou, buscando meios de emplacar uma entrevista com Roger Hodgson, que acabara de anunciar a saída do Supertramp. A banda britânica de rock progressivo vivia o auge, figurando nas paradas de sucesso mundiais com o disco duplo *Paris*, daí o desligamento repentino abalar os fãs. Eu conhecia o diretor artístico da RCA Brasil, que distribuía os discos da A&M, a gravadora internacional do grupo, e daí para chegar ao empresário foi um pulo. A sabatina lhe rendeu a capa do suplemento e teve uma enorme repercussão na imprensa, plantando pautas em outros veículos. Não tenho dúvida de que foi o combustível que o levou para São

Paulo, onde se estabeleceu como assessor de um partido de centro-esquerda.

Um dia tomei o telefone e disquei para Barcellos. Quero que ache uma pessoa. Sem demora, ele disse que tudo bem. Conhecia Barcellos dos primeiros encontros estaduais de jornalistas, quando frequentava as reuniões do sindicato, demonstrando intenso interesse pela carreira de assessoria. Na época, era repórter Amarelinho da Globo e depois foi transferido para o jornal, cobrindo o cotidiano da cidade. Durante uma campanha de vacinação contra a poliomielite contratada pela prefeitura, renovamos o contato e instauramos um fluxo de informações de utilidade pública e privada. O caso é que, antes de eu saber dele, ele já sabia de mim. Sabia do passado de Lúcia, que eu estava casado com ela.

Barcellos era filiado ao Partidão. Mantinha informados os companheiros das ações dos militares no jornal, os fatos velados pela censura em ações clandestinas, perpetuados ao sabor da resistência. Era um dos tantos comunistas cuidados pelo doutor Roberto Marinho. Protegido da lista de perseguições, passava notícias estratégicas para organizações da luta armada promoverem atentados, assaltos e sequestros. É bom registrar que havia assassinos em ambos os lados, mas não era o caso de Barcellos. Ele era um informante, um repórter de rua que sabia apurar, investigar a fundo um paradeiro, por isso me pareceu entusiasmante contatá-lo, ainda que não trabalhasse mais em redação. E não poderia ter feito melhor escolha. Duas semanas depois, o telefone tocou e me chegou a informação que esperava fazia três anos, a que me derrubou no chão de um quarto de hotel incapaz de resistir ao peso do aparelho.

Precisava então falar com Lúcia. Desocupei a linha e disquei para a telefonista, solicitando uma pronta chamada para o hospital.

Alô, Lúcia! Sou eu. Como ela está? Não entendi. Calma, mais devagar... Quem disse isso? Você conseguiu falar com o médico? Ele disse isso? Hoje? Ele disse hoje? Ela foi transferida? Sim, eu sei, você teve de assinar... Olha, eu... Não. Deixa eu explicar... Houve um imprevisto. Um problema com o filme. O cliente exigiu várias mudanças, não gostou. Eu estourei o prazo, sabe, com esse tempo no hospital... Bem, tenho um conhecido aqui que tem uma ilha de edição... Hã? Amanhã... Lúcia, calma... Lúcia, Lúcia, Lúcia... Eu não... Lúcia, me escuta. É claro que você consegue. Lembra do que passou, Lúcia. Você consegue. Não, não vai... Ela é forte, Lúcia. Não, vai correr tudo bem. Eu sei o que disse. Eu estava indo pro aeroporto, só que... Eu não posso perder esse cliente, nós não podemos. Lúcia, você consegue. Você consegue. Eu queria muito estar aí, mas... Lúcia, eu tenho... Eu tenho que desligar. Lúcia, me desculpe, mas eu tenho... Me desculpe, Lúcia...

Encerrei a ligação e disquei o ramal da recepção, deixando o aviso de que um jovem iria me procurar cedo ou tarde. Era para autorizar o acesso e dar o número do quarto.

Quanto tempo eu ainda tinha?

Estava excitado demais. Sentia passar por mim uma eletricidade que descontrolava meus movimentos, um desgoverno pueril. Sentava na cama, levantava, sentava de novo, andava de um lado ao outro. Checava a porta, conferia o corredor vazio, fechava a porta. Precisava relaxar. Fui até o frigobar e tirei uma minigarrafa de uísque. Desatarraxei a tampa, mas pensei melhor. Seria injusto que a pressão do nosso segundo encontro fosse amortecida por um efeito alheio ao corpo. Ademais, ele era esperto, iria cheirar meu hálito, traduzir o nervosismo e se valer disso. Avancei até o banheiro, desci a tampa do vaso sanitário, abaixei as calças e me sentei. Me masturbei sem alvo.

Em seguida, achei melhor tomar uma ducha. Ensaboei as coxas e a barriga, a fim de eliminar qualquer vestígio da porra ainda morna, lavei a cabeça e me sequei com o robe fornecido pelo hotel. Diante do espelho turvado pelo vapor, passei a mão por um trecho para melhorar a nitidez e chequei o bigode, as olheiras inconvenientes. Em seguida, voltei até a mala ainda ao pé da cama. Saquei uma calça esporte limpa e, antes de abotoar a camisa social, pulverizei o plexo com Kouros, uma colônia com aroma de tangerina mesclado com especiarias. Fechei os olhos por alguns segundos e deixei que a névoa raptasse meus sentidos, configurasse em lembranças o corpo que existia dentro do meu.

O que me restava era esperar. Me acomodei na ponta do colchão e fiquei de sentinela à porta. É obsceno pensar nisso agora, mas eu trocava uma vigília por outra, me postava diante da brancura do lençol, suportando a imprecisão das horas para tomar de lugar o medo e o gozo. Duas crianças poderiam se deitar sobre a cama à minha frente; para qual eu havia reservado a minha atenção naquele instante? A cada ruído surdindo no corredor, meu coração disparava, os picos de tensão me deixavam de pau duro. Repassava, na mente, como deveria me portar, o que deveria dizer, como recepcioná-lo. Deveria instigá-lo a conversarmos, bebermos algo antes, ou treparmos de imediato? Eu o queria tanto, e isso doía. Ansiava por cheirá-lo. Correr os lábios pela intimidade do seu pescoço, o tórax atapetado em pelos e, ali, soprar brechas para lamber seus mamilos duros. Morder seu queixo, sua língua larga, depois me colocar de joelhos para encher a boca com o volume do seu cacete de menino, chupando-o até gozar, até ele estar frágil e recompensado e não me proibir o acesso à sua bunda, aos montes macios que entremostram o orifício rosado por onde o penetraria com força e fundura para encontrar a transição corpórea, ir rasgando-o à medida que o preenchia com minha carne, meus ossos, meus órgãos funcionando dentro dele, um transplante irreversível para que nunca mais escapasse de mim.

O tempo passava, em oposição. Encarei a porta como se pudesse ser algo mais que uma porta, uma lâmina de madeira que não se resignasse a abrir e a fechar. A porta era o futuro, e não o presente imutável cheio de ecos de passado, de uma mulher que chorava e uma menina que dormia. A posição me incomodou e levantei. Circulei pelo quarto para animar as pernas. Percebi que estava descalço. Conferi as unhas do pé. Estavam aparadas. No móvel onde estava embutido o frigobar, descobri um rádio AM/FM. Cogitei que um pouco de música poderia amansar a angústia. Me lembrei das caixas com meus elepês de easy listening, de música orquestrada. Paul Mauriat, Percy Faith, Mantovani, Burt Bacharach e o maestro Ray Conniff. Tive saudade de escutar música, de derramá-la pela casa, de inundar os cômodos mudos que se desidrataram numa aspereza equívoca, que se calaram, como se a doença nos tornasse todos surdos, proibidos de ouvir algo além das máquinas de sobrevivência e das gotas de soro que caem, uma a uma, infinitamente. Há uma claridade tão bonita na música que não enxergamos mais. Estamos cegos. Toquei o POWER, mas desisti. Seria muito improvável sintonizar uma estação que compactuasse com minha memória musical afetiva. Teria de me tranquilizar de outra forma, da mesma forma.

Voltei ao banhciro e sentei para me masturbar. Verti um pouco do xampu de cortesia do hotel na palma da mão e lambuzei o pau. Para cima e para baixo, sem pressa, sentindo-o um animalzinho que despertava, espreguiçando entre os meus dedos, até se postar em riste tal o mineral que não é. Duro, eu o friccionava, alisando a glande, massageando a base e o saco, cobrindo toda a extensão. Movimentos firmes, lubrificados, um ritmo contínuo que manufaturava uma quentura que logo o faria ferver. Mas não conseguia. Eu me dedicava à punheta, mas não gozava. Desisti. Limpei o pau com tiras úmidas de papel higiênico e o devolvi, ainda túmido, para dentro da calça. Saí do banheiro e notei que anoitecia.

 A que horas ele chegaria? Me pus de pé rente à cama, colei os braços nos lados do corpo e despenquei sobre o colchão. Repeti a queda voluntária algumas vezes, depois me levantei e caminhei em direção à janela. Estava no décimo primeiro andar. Enxergava São Paulo, a Avenida Paulista, sob a perspectiva que os prédios nos enxergam. Havia um formigueiro de humanos em curso na calçada em frente ao hotel, será que ele era um deles? Recuei sobre os calcanhares e me sentei na borda da cama, contemplando, em meio às cortinas entreabertas, a pele do céu amortecer do azul polido para um tom manchado de púrpura. Nos primeiros minutos do ocaso, uma formação de espessas nuvens prateadas invadiu o panorama, enfeixadas por clarões que anunciavam uma chuva firme de aproximadamente uma hora. Ele chegaria primeiro, eu apostava. E, quando o mundo fosse limpo lá fora, estaríamos sujos sob o lençol, encharcados pela tempestade que cairia dentro do quarto.

 Mas ele não vinha. A chuva veio e se foi; ele não. Passaram-se horas, era tarde. Peguei o telefone e disquei para a recepção. O turno havia mudado e agora quem atendia era um sujeito com voz afeminada. Ele confirmou que estava atento ao recado, mas ninguém tinha entrado no hotel e perguntado por mim. Desliguei. Fiquei em pé. Andei de um lado para o outro. Sentei novamente na cama. Decidi ligar a tevê. A penumbra foi perfurada pela luz fria do tubo, afugentando-se nos cantos elevados do quarto. Girei o seletor de canais e sintonizei a TV Globo no instante em que o repórter Nelson Motta surgia no monitor num flash do Rock in Rio. Diante de uma multidão movediça que saltitava e balançava faixas e bandeiras do Brasil, o grupo Barão Vermelho tocava a canção *Pro dia nascer feliz*, cobrando o refrão do público que respondia, a plenos pulmões, em uníssono. Era uma referência clara à eleição presidencial que aconteceria no dia seguinte, a primeira depois do período militar, na qual Tancredo Neves disputaria com Paulo Maluf o comando da nova república. O vocalista, com uma tira amarela envolvendo a cabeça, pulava e dançava, puxando o aplauso sob os riffs acelerados de guitarra. Era uma cena contagiante, que transbordava alegria, mas que me acertou da forma errada. Me senti doente e desliguei a tevê. De pronto, a desclaridade em suspensão desabou sobre o quarto, condenando tudo a assumir a sua substância, a condição cavada daquilo que não faz falta a ninguém.

 Ele não viria, eu finalmente aceitei. Não porque era um fantasma, pelo contrário. Pierre era um homem, um homem como eu, como muitos homens que trepam com outros homens para abraçar uma sensação por um tempo e depois soltá-la. Eu não queria isso. Queria tê-la para sempre. Voltar a ela toda a vez que estivesse cheio da vida de homem casado, cansado de ser pai de uma filha doente, de uma menina-tubérculo enterrada num quarto asséptico de hospital porque está acamada, porque tem câncer, porque agoniza.

 Em meio à escuridão mais densa, sentia em mim um despertar temível de modo tão esmagador quanto no nosso primeiro encontro, porém de uma natureza fria, penosa a ponto do meu coração desistir. Havia uma distância, e Karla estava lá. Pedia por socorro, chamava o meu nome, suplicava que parassem de lhe espetar agulhas, de lhe rasgar a pele para introduzir tubos, êmbolos, líquidos medulares. Mas os gritos, o choro, nada disso importava de fato ou me reprimia. Era somente ele. Trazê-lo outra vez junto ao meu corpo, apertá-lo de maneira intensa para que nunca mais fosse embora, para que aceitasse ser o meu menino, para que me beijasse a boca quando eu estivesse com sede, me nutrisse.

    Saber que não o veria foi me deixando muitíssimo triste, uma tristeza obscura, uma tristeza de camurça. Uma sensação de desamparo que, submersa na noite que entrava pela janela, se transformava num tipo de suicídio que mata apenas uma parte de si.

Ele atravessa o hall e avança até a recepção. É atendido por um sujeito alourado, com uma calvície proeminente e a voz afeminada, para o qual entrega a chave do quarto e o cartão de crédito, solicitando que prorrogue sua estadia por mais uma noite e pague o aluguel de um carro cedido pelo hotel. O recepcionista saca o telefone, avisa a garagem, em seguida põe a maquineta do Diners sobre o balcão, encaixa o boleto, o papel carbono, desliza a carretilha para frente e para trás e lhe entrega o cartão e o canhoto. Ele sai, e o manobrista uniformizado está de prontidão segurando a porta do Monza azul, no qual embarca.

    Dirige pela Avenida Paulista quase sem fluxo automotivo por conta do alto das horas, por conta do dia de semana. A chuva volta, agora uma garoa. Milhares de gotículas vão poluindo o para-brisa, comprometendo a visibilidade ao aderir o brilho eventual do cenário urbano que corre pelas laterais, do concreto que repousa sobre a cidade. Ficam para trás postes de lâmpadas de sódio, letreiros de estabelecimentos comerciais, gaiolas de semáforos. Um composto de vislumbres artificiais, de pulsões incandescentes num labirinto de pedra onde perambulam noctâmbulos e outras sombras.

    O Monza avança sem pressa. O silêncio da cabine é intermitentemente infiltrado pelo ruído mecânico dos braços dos limpadores que patinam sem ânimo sobre o vidro. A vista que falha tem o auxílio do cone amarelo emitido pelos faróis que fatiam a escuridão, divisando os limites da pista molhada, ligando a intenção inicial ao destino fincado na saída do quarto do hotel. Curva o corpo e gira a manivela, abrindo a janela do carona. Entra na Bela Vista, passa pelo Hospital Sírio-Libanês, alinha o carro ao meio-fio e chega, finalmente, na região do Trianon. O Masp à esquerda, o monólito suspenso, a Praça Alexandre de Gusmão e o Parque Tenente Siqueira Campos, onde ocorrem os encontros públicos.

Ao longo da calçada encoberta pelas copas das árvores que avançam além do gradil de ferro, ficam postados os michês, os call boys, atentos ao vaivém dos carros, ofertando seus corpos num jogo de claro-escuro que instiga a libido. Blue jeans, volume marcado no tecido, tórax e músculos expostos às mais obscenas fantasias. Ele reduz ainda mais a potência do motor do Monza, avalia a mercadoria, em seguida acelera e contorna o quarteirão. Volta pela Alameda Casa Branca e estaciona no cruzamento com a Alameda Jaú. Um tipo ali lhe chama a atenção. Másculo, mas com traços delicados. Sinaliza interesse. O michê se debruça sobre a janela do carona e vende um sorriso discreto.

Dando um rolê?

É. Esfriando a cuca, responde num tom descontraído.

Será que a gente se acerta?

O michê está de costas para a janela, que sopra uma friagem intrusa. Fuma um Plaza solto de um maço que contou ter filado de um cliente. Seu nome é Fortunato, mais conhecido nos arredores do parque como Alemão. O apelido faz referência ao seu aspecto físico. Olhos e cabelos castanho-claro, compleição vigorosa e modos viris. Usa uma T-shirt branca presa por dentro do jeans claro sem cinto e sapatos pretos. O quarto de hotel está iluminado apenas por um foco de leitura, ao lado da cama, o que faz com que seu rosto se encha de um chamejar rubro a cada vez que traga o cigarro. O homem que contratara seus serviços sexuais está relaxado na beirada do colchão. Olham-se.

    Então, como vai ser?
    Sem camisinha de vênus.
    Você não tem medo?
    De quê?
    Da peste.
    Você tem?
    ...
    Tudo bem. A grana é sua, bacana.
    Eu sou o dono de mim.

Ele se levanta. Descalça os mocassins com o uso das plantas dos pés, em seguida solta o fecho da calça, que escorre até os calcanhares. Livra as pernas das algemas do tecido frouxo, depois se atém a descasar os botões da camisa social. Sua nudez é vazia. Ocorre de deslocamentos mecânicos, sem vigor. Apoia os joelhos sobre o colchão, escala a cama, afasta as pernas discretamente e, de quatro, cola a testa no lençol. Assume uma postura obscena, de total submissão, o corpo entregue para que seja explorado em troca de uma recompensa vulgar.

    O michê permanece imóvel. Termina o cigarro, arremessa a guimba pela janela e avança às costas dele. A centímetros da bunda exposta, corre o zíper, expulsa o pau e dá partida a movimentos da masturbação. Ele ouve o exercício, calado, os olhos pregados na brancura do lençol. O michê também não fala, tampouco arfa ou respira alto. Leva o tempo do pau intumescer, transformar-se num cacete duro e comprido entre seus dedos nicotinados. Então ele sente o colchão deformar à tensão da sola de um sapato preto. Em seguida, pernas vestidas em jeans se encaixam no seu quadril e uma mão pesada cai sobre o seu rego. Pressente a dor e aperta os olhos, apesar de desejá-la, da dor ser a única sensação realmente cobiçada naquele ato. O michê encosta a glande dilatada nas pregas do seu cu, na maranha de pentelhos, e, sem lubrificar, vai forçando-o buraco adentro. Ele treme e solta um tipo covarde de miado. A penetração é lenta e dolorosa, o órgão desliza com resistência, arromba o orifício, arregaça a pele até se ajustar por inteiro entre paredes vermelhas cobertas de visgo. Ele sente que não vai resistir, que não vai sustentar a posição, daí o michê faz um movimento contrário, e o temor se transforma em trégua. Prende o ar quando o cacete é empurrado de novo. E assim vai, para frente e para trás, a cara do joelho socando seu flanco direito, os dedos cravados no quadril, um balanço ritmado e contínuo.

Pouco a pouco a dor é rebaixada a desconforto, e o desconforto a prazer. O michê é experiente, não se afoba, manobra a cintura de modo a criar uma conexão entre os corpos, os induz a crer que compartilham uma energia da qual não podem se desligar. O coito vai fabricando uma quentura gostosa, lhe enchendo de tesão, e seu pau, adormecido embaixo de si, começa a endurecer. Ele se espanta, tenta proibir o efeito, mas o desejo se superpõe à raiva, ao plano barato de se humilhar, de castigar o homem por trás da máscara. É tarde demais. Os movimentos o amolecem, a penetração arrepia a sua pele e, embora faça uma força insuportável para conter, o fluxo vem num jato denso que bambeia as pernas e, desta vez, desmorona. O michê se afasta e o vê, imóvel sobre a cama, feito morto. Ele está morto, mas não é essa morte que almeja de fato. O gozo é a morte sumária, e essa tem duração. Amortecido sobre o lençol sujo, impregnado pelos soros da depravação, ele deseja a morte punitiva e impiedosa, a que abaterá a todos no fim desta história.

AIDS
SEGUNDA PARTE
1989 . 1999

CAPÍTULO I

VHS. Big boys of summer (1988). HIS Video. EUA. 65min. Adulto. Diretor: Jeff Scott.

Ele introduz a fita no videocassete, que se ativa em reprodução automática. Veste um robe felpudo sobre a nudez. A tevê está desligada. Retorna à cama e acomoda as costas no travesseiro apoiado na cabeceira. O peso aplicado sobre o colchão faz com que os controles remotos deslizem ao encontro das suas pernas. Ele pega o do videocassete e pressiona o STOP. Devolve ao seu lado e apanha o da tevê, ligando o tubo. Ato contínuo, diminui todo o volume, até anular a função. Larga o controle da tevê, volta a pegar o do videocassete e, nesse instante, suspeita ter ouvido alguém se aproximar da porta do quarto. Segue paralisado até a sensação ir embora, até o apartamento voltar a ficar pesadamente quieto. Ela está por perto, ele sabe. Puxa a respiração e confina o ar nos pulmões. Concentra-se no silêncio, na camada mais profunda do silêncio e, com a pressão da asfixia se expandindo dentro da cabeça, consegue escutá-la se movendo no banheiro. Ela mexe numa gaveta. Mentaliza o trilho ejetando o compartimento. Parece abrir o estojo de alumínio onde armazena a seringa e as ampolas de Perlutan. Espera o manuseio. A agulha contendo o óleo no tambor e o êmbolo transferindo-o para o músculo descontraído do braço. Embora comece a ficar zonzo, espera. Espera agora o ruído do blindex sendo fechado, o desabamento da água do chuveiro. Respira, então. Põe a mão na boca para emudecer o resfôlego até o mecanismo respiratório restabelecer o ritmo. Em seguida, pressiona o PLAY.

CENA
Um homem caucasiano, atlético, de estatura mediana, vestindo uma camisa de manga longa branca com uma larga tira azul no meio, jeans claro e tênis branco, adentra uma cozinha de móveis embutidos de tonalidade amadeirada. Abre um compartimento, apanha um copo de vidro e, no momento em que abre a porta da geladeira, nota um bilhete colado na face externa do freezer. VOZ EM OFF: Dear son, I had to leave the country on urgent business. Will not be back for three months. Take care of the house and try to have a good summer without me. Love, dad. PS: The poolman come tomorrow at 2 PM. O homem abre um sorriso de satisfação e diz: All right! CORTE. O homem está sentado no chão da sala em frente a uma mesinha de centro. Sobre o tampo de vidro, ele abre uma latinha de refrigerante de cola, derrama uma pequena quantidade num copo duplo e preenche o restante com uísque...
FF
PLAY
...deitado na cama de casal, o homem se masturba afastando o elástico da cueca branca com a outra mão, enquanto imagens de outros homens impressas em pôsteres...
FF
PLAY

...desaba de braços abertos sobre o colchão, com o pênis derrotado sobre a barriga. O elástico da...

REW

PLAY

...o homem se masturba violentamente, de joelhos sobre a cama. Tenta equilibrar o corpo atacado por espasmos enquanto se dedica com mais ímpeto aos movimentos, puxando para baixo a cueca branca com a outra mão. Está em vias de ejacular. Não aguenta e desaba sobre os calcanhares. O sêmen derrama sobre a glande e sobre seus dedos, no que o homem aproveita e esfrega o líquido sobre seus próprios lábios, em seguida na extensão do seu abdome nu...

Com a mão livre, ele desata o nó frouxo da faixa que une as abas do robe felpudo. Ergue o controle do videocassete e pressiona o FF. Segundos depois, o PLAY.

CENA

Um homem de musculatura definida, cabelos pretos cortados em estilo militar, vestindo uma sunga azul folgada, enrola alguns tubos espiralados de sucção à beira da piscina. Na outra margem, um homem louro com cara de menino, de sunga violeta, usa uma longa rede para pescar os resíduos na água. Sob a soleira da porta dos fundos, o mesmo homem caucasiano da cena anterior, vestindo outra vez a cueca branca, observa o trabalho de limpeza da piscina realizado por ambos enquanto se masturba. O homem de sunga azul folgada nota o que ele está fazendo. Seus olhares se cruzam, eles se encaram, daí o homem de sunga violeta se vira. CORTE COM FADE-OUT. Estão agora os três dentro da casa. Todos nus. O homem caucasiano chupa o pênis do homem de cabelos pretos, estirado sobre um sofá comprido de estofado bege. Ele suga de maneira remansosa, com auxílio de uma das mãos, ocupando a outra ora com a própria masturbação, ora com a massagem dos testículos daquele no qual aplica o sexo oral. O homem louro surge e toma o lugar do homem caucasiano na felação. Posiciona-se de quatro sobre o sofá, chupando com menos ritmo que o homem caucasiano, que, agora, mete o rosto entre suas nádegas, lambendo seu ânus. A anilíngua e a felação seguem, até o homem caucasiano girar o corpo, remover o homem louro e encaixar-se entre as pernas do homem de cabelos pretos deitado sobre o sofá. Ele roça seu pênis ao do homem de cabelos pretos, e o homem louro trata de chupar os dois de uma...

Recostado na cabeceira, ele agarra o pau enrijecido e inicia a masturbação.

CENA
O homem louro não tem dificuldade em chupar os dois pênis de uma só vez. Faz isso com garra, oferecendo intenso prazer aos parceiros que se contorcem, até parar e restabelecer a dinâmica anterior, com os três retomando suas posições. Minutos depois, o homem caucasiano interrompe a anilíngua e, no quadro seguinte, surge seu pênis em foco penetrando o ânus do homem louro. Ele acaricia o rego do outro e o penetra com intensidade. O foco é no pênis entrando e saindo velozmente do orifício...

Ele se masturba com empenho. A outra mão mal consegue manter o controle preso entre os dedos.

CENA
O homem louro faz um rolamento e deita de barriga para cima, esticando suas pernas sobre a cabeça e prendendo-as com as dobras dos braços. A posição verga seu corpo, possibilitando que o homem caucasiano o penetre tal qual a uma mulher. O homem de cabelos pretos se masturba

sobre o rosto do homem louro, com a outra mão ajudando a manter no alto uma das pernas, enquanto o homem caucasiano pratica o sexo anal com mais vigor, massageando os testículos do parceiro, que se contorce de prazer e balbucia alguma coisa que se perde devido à anulação do volume e ao corte de câmera para o pênis arremessando-se contra o ânus, num vaivém contínuo e...

    Ele suja toda a barriga. Uma irrigação de jatos curtos e mornos que escorrem melados sobre a pele arrepiada, concentrando-se nos arredores do umbigo. Os pelos tratam de deter o fluxo. Fecha os olhos e desaba a cabeça para trás. A narcose começa a tomar o corpo, colocá-lo em estado de suspensão. Só há tempo de fechar o robe e desligar o videocassete antes de se desligar por completo.

    Quando reabre os olhos, ela está parada na entrada do quarto. Meio-corpo enrolado numa toalha, os cabelos, cortados curtos, arrepiados por conta da umidade. A luz que irradia do banheiro às suas costas avança sobre a pele, revelando sinais de flagelo, a rosada cicatriz no ombro esquerdo onde penetrou o tiro. Ele percebe que ela venceu a magreza desnaturada de antes da gravidez e agora acumula pequenos relevos de gordura pelo corpo. Mas é uma consideração fugidia, pois logo obstrui a mente com uma série de autocongratulações inaudíveis por ter tido a presença de espírito de fechar o robe antes de se render à flutuação do orgasmo.
    Por que a televisão está ligada?, ela indaga, sem interesse concreto.
    Ele se embaralha com a situação, não encontrando sentido no que ela diz, até esbarrar o joelho nos controles remotos. Desliga o tubo, antes invadido por chuviscos.

E-eu estava assistindo uns filmes... Revisando uns comerciais... Mas acho que acabei cochilando.

Você precisa tirar um tempo pra descansar. E consultar um cardiologista também. Esse cansaço excessivo depois de seus coopers noturnos não é normal.

Sim, eu sei. Prometo que vou logo que conseguir tempo.

Cheiro de colônia..., ela aspira o ar.

Sou eu... Eu trouxe de Chicago... O que acha?

Gostei. Cítrico. Tem um quê de tangerina.

Sim.

Essa sua mala de Chicago voltou cheia de surpresas, sorri.

Ela volta ao banheiro. Para em frente ao espelho, cujo comprimento toma boa parte da parede. Da posição em que está, consegue vê-lo pelo ângulo do reflexo. Ele, por outro lado, visualiza apenas a sombra inquieta dela que se esparrama porta afora, compassando suas ações aos ruídos que escapam do cômodo. Deduz que ela se penteia, o que faz de fato. Ela se penteia acompanhando o sentido do corte repicado.

Não enrole para se arrumar ou vamos chegar atrasados mais uma vez, ela diz, elevando o tom de voz, de modo que as palavras cheguem claras até ele.

Eu não me importo, realmente.

Ela estica a cabeça para fora do banheiro, o pescoço colado ao batente.

Vai me dizer que ainda está aborrecido com aquela bobagem?

Por favor, não diga que é uma bobagem quando eu não acho que seja uma bobagem.

Ela sai do banheiro por inteiro e avança em direção à cama. Segura um pente de plástico duro e com dentes largos.

Aquilo não passou de uma brincadeira, uma tiração de sarro.

Eu não gostei, achei de mau gosto.

O Olavo estava bêbado... Na verdade, estávamos todos de pileque. Aí surgiu a ideia. Foi só para descontrair.

Então você sabia o que ele iria fazer?

Ela volta a se pentear. Faz um movimento contínuo da testa à nuca.

Não, ele veio falar comigo só depois, quando percebeu que você ficou aborrecido.

E o que tinha pra ser engraçado?, ele endireita o corpo, calculando os movimentos. Estávamos todos na sala, bebendo e conversando numa boa, quando a televisão é ligada e, de repente, o videocassete começa a passar uma fita pornográfica de um cara famoso por ter o cacete de um cavalo. Ok, ergue o polegar, realmente muito engraçado. O que virá depois?, fiquei imaginando. O cubo de gelo falso com a mosca no meu copo de uísque?

Foi só uma brincadeira, nada mais que isso. Por que você não consegue entender?, ela retorna ao banheiro. Todos se divertiram no fim das contas.

Isso foi o mais constrangedor, para dizer a verdade. Os gritos de incentivo em frente à televisão, como se assistissem uma luta de boxe.

Ela começa a rir.

Eu achei ótimo quando alguém falou Por nocaute é mole, quero ver ganhar por pontos. Ela gargalha. Quem foi mesmo?

Não sei, não me interessa. Um bando de adultos agindo feito o fã-clube do Menudo.

Ela continua rindo com vontade.

Foi só uma brincadeira, ela acrescenta, se recompondo. Além do mais, você sabe muito bem que a circunstância é totalmente diferente hoje.

Quem pode me garantir? Não ficaria nada surpreso se, no meio do debate, surgisse na tela a Cicciolina e seus dotes à mostra. Aliás, deputada Cicciolina, franze a testa. Defensora do meio ambiente, rival das fábricas que emitem os gases tóxicos que estão destruindo essa tal camada de ozônio, ele torce os lábios. Como se ela tivesse a mínima ideia do que está falando.

Por que é mulher? Por que fazia filmes adultos?

Porque foi eleita por quem antes tinha outra função para a mão, e move o punho fechado para cima e para baixo, mirando o recorte do reflexo dela. Só falta agora a Roberta Close, depois da operação, se candidatar à presidência do Brasil.

Uma mulher seria uma boa presidente do Brasil.

Uma mulher seria um desastre.

Ela não compra a provocação.

Não, retoma o tom. O Olavo está mesmo preocupado. Todos nós estamos.

Por conta do vídeo da Miriam Cordeiro?

Aquilo foi armado pela equipe do Collor, você sabe. Desde o resultado do primeiro turno, o Datafolha vem apontando empate técnico entre os candidatos, com o crescimento de intenção de voto para o Lula. Por isso o PRN montou a fita. Para desarticular a campanha do PT.

Então você acha que o que ela diz ali é tudo mentira?

Eu acho que um depoimento comprado é passível de contestação.

O que não invalida o impacto na reta final de uma disputa para presidente.

Ela volta a desocupar o banheiro. Usa agora um colar de contas vermelhas e tenta colocar, um tanto atrapalhada, extravagantes brincos triangulares.

O povo aderiu à campanha, sacou o que é melhor pro novo Brasil. Um milhão na Candelária, lembra? Eu sim, eu estava lá.

Não acho que um coro de artistas de esquerda entoando *Lula lá* seja suficiente para garantir um bom desempenho nas urnas.

Ela cessa a tentativa de prender o brinco e lhe desfere um olhar visivelmente chateado.

É conveniente para você falar isso, não é? Esvaziar as propostas e a proporção que tomou a campanha do Lula, já que tem um tanto de clientes que botam muita grana na campanha do candidato da direita. Ah, desculpa o ato falho, o candidato liberal, ela emenda com uma careta.

Pela primeira vez ele se sente em vantagem ou, ao menos, empatado numa discussão sobre política.

Bem-vinda ao capitalismo! O velho muro acaba de cair. Guerras agora são vencidas apertando botões e passando cheques.

Ele faz o vê de vitória de Collor.

Entendo por que você compra a fita da Miriam Cordeiro, ela segue o ensaio para pôr o brinco. Vale tudo, não é mesmo? Depois de anos de mordaça, a primeira eleição direta será vencida por quem é apoiado pelas mesmas empresas que financiaram a ditadura e ajudaram a sustentar as torturas e a repressão. É isso que você está dizendo?

Ele fica em silêncio por um segundo.

É.

Não acredito que pense dessa maneira.

Eu acredito nas pesquisas, nos fatos. Eu acredito que o depoimento repercutirá, sim, no total de votos para o Lula. Me diz, por que não iria?

Uma ex-namorada que afirma ter sido subornada para fazer um aborto que não fez, numa conversa de alcova sem testemunha?

E por que o PT não reagiu até agora?, ele faz, inadvertidamente, um deslocamento brusco, mas logo se dá conta do deslize e detém o corpo de imediato.

Porque a campanha não é isso, não vê? Isso é um jogo sujo, o que não fazemos. O desejo de mudar o país está acima de qualquer situação de caráter privado.

Um homem, quando se torna público, perde o direito de ter situações de caráter privado. Principalmente aquele que se lança em campanha para governar um país.

Ela está acalorada.

Não fale como um milico. Você sabe o que esse tipo de discurso ocasionou ao Brasil, o que esses assassinos fizeram comigo.

Não fale como uma normalista então. Você é partidária do movimento feminista e do direito ao aborto. Faz campanha com suas alunas na faculdade.

Mas eu não faço acordos obscuros, eu não me vendo.

Queria saber até quando você vai continuar romantizando a guerrilha com esse discurso de mocinhos e bandidos. Como se vocês não quisessem derrubar uma ditadura para implantar outra.

Eu vivi a utopia. Isso passou, sua voz trepida, perdendo intensidade.

Mesmo? Então me diga, por que ainda guarda uma arma ali na parte cima do guarda-roupa?

Você sabe muito bem, já falamos sobre isso outras vezes. Tem um valor simbólico pra mim, o troféu que não me deram por tudo que fizemos pelo país.

Um troféu por roubar, sequestrar e matar? Ele bate palmas. Parabéns! Esse é o problema da esquerda: enxerga o Brasil apenas pela maneira da esquerda.

Ela ri de um jeito debochado.

E como você queria que nós enxergássemos?

Pelo que é verdadeiro para ambos os lados. Não há vencedores. Em ambos os lados mataram, em ambos os lados morreram. Houve excessos? Não há dúvida. Cada um tinha a sua maneira de pensar o que era melhor para o país. O que tem que parar é essa mania de vocês se colocarem como vítimas, enxergando o que passou como um período onde vocês eram os heróis, os salvadores da pátria, e os militares eram os vilões. Assassinato será sempre assassinato, independente de quem o cometeu. Suicídio não é assassinato.

Espero que não esteja falando do Vlado.

Do jornalista que se enforcou na cadeia?

Ah, não traga essa sujeira pra dentro de casa. Já basta ter que aceitar esses seus contratos com empresas partidárias, corruptas, com essa gente que dava dinheiro pra tortura, que descia até os porões pra ficar à sombra, assistindo as sessões de espancamentos, e depois emprestava as usinas pra cremarem os cadáveres. Você sabe muito bem quem são, você janta com eles. O tanto de pessoas que mataram, que desapareceram, nem se compara com os nossos crimes.

Mas muitos desses morreram porque muitos de vocês faziam jogo duplo, não se lembra? Muitos de vocês delataram.

Mas eu não!, ela grita. Justamente por isso levei um tiro, fui torturada, estuprada e despachada pro Chile numa cadeira de rodas. O que você estava fazendo depois de 66?

Procurando você.

Ela toma um baque. O corpo abrasado se esvazia de ar com aspereza. Acusa o golpe, apesar dos olhos permanecem mirados nele, um alvo pregado na guarda da cama.

Quantos anos você tem? Onze?

Quantos anos você tem? Cento e dois?

Ela abana a mão num gesto de desistência e retorna ao banheiro. Mexe de novo nas gavetas e acende um cigarro. Fixada em frente ao espelho, nota que o brinco caiu.

O apartamento é preenchido outra vez pelo silêncio pesado. Ela está no banheiro, embora finja que não esteja, embora a fumaça a denuncie. Ele permanece imóvel sobre o colchão, fingindo que o afogueado da discussão não deslocou os filetes de porra, que não deslizam pouco a pouco em direção aos flancos. A filha não está.

Então, vai se aprontar ou não?

Que horas está combinada a reunião?

A hora que chegarmos. Se possível, antes de começar o debate. E, mais uma vez, não se preocupe, não haverá sessão pornográfica dessa vez.

Obrigado por avisar! E Karla, onde está?

Ela o visualiza pela fisga do reflexo que o captura.

Na casa do Marcelo, o amiguinho da escola. Trabalho em grupo para a feira de ciências. O Marcelo é filho da Maria Eugênia, aquela que te falei.

A sapatão?

Ela põe a cabeça para fora do banheiro.

Ela tem uma companheira.

Companheira fica parecendo coisa de comunista.

Ei, eu sou comunista!, e ambos sorriem, despressurizando o ambiente.

Ele afrouxa o robe com cautela.

A que horas vamos pegá-la?, pergunta para desviar a atenção.

Marquei pra depois do debate. Caso fique tarde, vamos antes.

Ok. Espero você terminar e tomo uma ducha.

Ela polvilha as bochechas com pó de arroz com o auxílio de uma almofadinha circular. Ainda que ele não consiga avistá-los, sobre o mármore que conforma a bancada estão um batom de cor vermelha, um lápis delineador e umas pastilhas de sombra. Apaga o cigarro no ralo.

Sabe, ela retoma a conversa, embora eu discorde de você, entendo o impacto que esse episódio do aborto pode trazer à campanha do Lula. O aborto é uma escolha da mulher. Não é algo que possa ser negociado, menos ainda por meio de chantagem.

Para dizer a verdade, não acho esse ponto o mais grave de toda essa história. Cresce, pelos bastidores, o medo dos grupos empresariais diante da chance de um governo comunista e suas consequências. Muitos temem como isso será na prática. Esse rumor sobre o confisco da poupança e tudo mais. Acredito que é isso que fará a diferença na soma de votos. Também acho que a fita da Miriam Cordeiro não é confiável, saberemos depois. Mas não é o caso do aborto que vai prejudicar o Lula, e sim o fato dele ter abandonado uma mulher grávida e se casado com outra. A sociedade brasileira que pede a democracia ainda é a construída sobre bases moralistas. Nessa confusão entre o público e o privado, fidelidade não é uma condição que passa sem julgamento. A dignidade de um homem pode ser medida aí e, no caso de um candidato, a eleição também.

Ela para de se maquiar.

Estamos perdidos, não?

Ainda não. O Lula precisa se sair muito bem no debate de hoje. Precisa fazer valer aquilo no que sempre se escorou, o discurso.

O país não merecia um governo de direita depois de um regime militar, depois do estrago deixado pelo Sarney, justamente por conta de um deslize do passado.

Para uma mulher que foi abandonada durante a gravidez é sempre um deslize do presente, não acha? Imagine se, naquele instante em que nos reencontramos, na porta do elevador, eu apenas apertasse o térreo e desembarcasse, deixando você sozinha na cabine, grávida de sete meses. O que iria fazer, o que iria pensar de mim?

Ela escolhe uma sombra verde, que espalha no arco de um dos supercílios.

Eu iria seguir a minha vida, ter a minha filha sozinha ou com a ajuda de algum companheiro de militância, um dos poucos que não foram mortos no Araguaia ou em Petrópolis. Depois do exílio, não seria uma desilusão amorosa que demoveria minha vontade de retomar a liberdade. A Karla é uma prova de amor, não um motivo para o amor. Eu entendo a fidelidade de outra maneira.

Ele fica intrigado. Cruza os braços.

Quer dizer que a minha presença não era importante para a sua vida naquele momento?

Ela faz uma breve pausa.

Não.

Então por que me procurou?

Pra que você pudesse ter uma escolha.

Quando voltei de Paris, eu não sabia que você estava grávida.

Eu pensei muito nisso, em manter essa verdade só pra mim. Mas não seria justo eu estar feliz sem que você soubesse, mesmo que você não quisesse compartilhar dessa felicidade. Talvez fidelidade, pra mim, seja isso. Ele descruza os braços. Fidelidade é conservar a felicidade do outro, em todo o caso, completa.

Mesmo se o que me fizesse feliz fosse ter um caso, transar com outra pessoa?

Ela sai do banheiro. Tem um olho pintado e outro apenas delineado.

Sexo? Você está falando de trepar? Vivemos em plena libertação sexual. Está em todo lugar. Não viu a propaganda da Benetton? Que tipo de agência você dirige?

Os dois riem. Ela retorna ao banheiro.

Devo confessar que não sou liberal a esse ponto. Não sei como lidaria com isso.

E se eu te contasse que estou trepando com outro homem?

Ele meneia a cabeça, emudece. Ela encontra uma chance para desconfortá-lo.

Você sente vontade de trepar com outra mulher, por acaso?

Não. Era apenas uma provocação.

E de trepar comigo e com outra mulher, juntos?

Sobre o que está falando?

Terminada a maquiagem, ela pulveriza uma fragrância suave sobre o colo, retira a toalha e percorre nua a distância do banheiro ao quarto, esquecendo de desligar a luz. Embora franzina, tem uma constituição harmoniosa. Seios pequenos e quadril retangular. Uma maranha de pelos negros cobre toda a pélvis.

A Ângela me confidenciou algo, ela passa por ele e abre uma das portas do guarda-roupas. O compartimento abriga uma fileira de vestidos de cores e estampas vibrantes, todos pendurados em cabides de plástico fluorescente. Algo que ela e o Olavo andam fazendo. Posso confiar em você pra guardar segredo?

Ele gira o pescoço o máximo que pode e lhe dispara uma expressão de desatamento.

Tudo bem, vira os olhos. Você já ouviu falar de suingue?

O ritmo musical?

Não, ela sorri em reação a algo ingenuamente tolo. São encontros, encontros sexuais em que casais praticam a troca de parceiros. Acontece geralmente em clubes privados, um tipo de festa fechada para convidados.

O Olavo e a Ângela andam fazendo isso?, ele demonstra surpresa.

Há um tempo. Ela descobriu que ele estava trepando com uma das recepcionistas da clínica, uma menina mais nova, e essa foi a solução que tomaram para evitar o desquite e requentar o casamento. Estão adorando, ela me disse.

Ele suspira.

Por essa eu não esperava. Jane e Herondy se consultam com o dr. Kinsey.

Ela passa ao lado dele com um vestido amarelo dobrado sobre o ombro e um par de scarpins azuis-celestes equilibrado na ponta dos dedos. Contorna a cama e se acomoda na beirada do colchão, de costas para ele. Calça os sapatos.

O episódio da fita pornô era mais que uma brincadeira. Suspeito que quisessem testar a reação de quem estava ali. Parece que estão recrutando casais.

Algum deles mencionou algo contigo?, ele se dirige à nuca dela.

Não. Mas flagrei um pouco da conversa entre a Ângela e a Mirtinha.

Estranho. Sempre nos considerei os mais íntimos do Olavo e da Ângela.

Eu também, ela torce o corpo em direção a ele. O vestido está estirado ao lado da nádega nua. Acho que teve a ver com a sua atitude...

Comigo?

Você sabe... A maneira como reagiu.

Ele emudece por um tempo. Fixa os olhos no vazio.

Bem, sendo assim, azar o deles, e sorri timidamente. Ela corresponde ao ato.

Nós seríamos uma bela aquisição.

Sim, ele se mostra um tanto inibido.

Ela sobe na cama por completo e engatinha até o centro. Passa uma perna sobre as dele e senta nas coxas estendidas. Inclina o corpo para frente.

Se eles soubessem o que fizemos naquele quarto de hotel em Paris..., e inicia uma série de beijos maliciosos. Eu fico molhada só de me lembrar...

Com delicadeza, ele a empurra para trás, esquivando-se das carícias.

Desculpa, mas estou realmente cansado, e puxa as pernas debaixo dela, levantando da cama. Preciso tomar um banho.

Ele avança rumo ao banheiro, de modo a extrair do corpo toda a sujeira contraída numa sessão particular de cinema.

CAPÍTULO II

Começamos com a festa. Era uma dessas festas reservadas, que só aceitam novos frequentadores mediante uma série de exigências que incluem uma aguda varredura na vida conjugal, apresentação de documentos, exames médicos e compromisso de sigilo. Alguns meses depois, na melhor das hipóteses, você descobre um bilhete na sua caixa postal trazendo um endereço que leva a uma espécie de armazém aparentemente desativado e uma sequência de números aleatórios. O local é um cubo de concreto sem distinção, exceto pela estreita porta de ferro, onde está soldado um pequeno teclado analógico. Não precisa ser gênio para compreender que os números são uma senha que terá de ser digitada de modo a abrir a porta.

Assim que se passa pela soleira de metal acoplada a uma roldana e a cabos de aço, uma escuridão enganosa te deixa confuso, pois de fato, talvez pela excitação do momento, talvez pela contundência do confinamento, você demora um pouco para distinguir que o hall está banhado por uma luz cinza bem intensa que deixa as paredes com o aspecto da pele de um animal marinho. Com os olhos agora acostumados, é preciso ir até a fileira de armários e substituir toda a roupa por uma única toalha branca. Ao lado, próximo ao corredor de transição para o ambiente principal, um grande vaso de vidro sobre um pedestal exótico está recheado com máscaras de papel semelhantes à do Zorro. O uso é obrigatório para que você siga em frente. Não há ninguém ali para te dar essas instruções, você apenas sabe. Não há som algum. A sensação é de estar gravitando numa cápsula interplanetária.

As primeiras pessoas surgem em torno de um bar improvisado com módulos de ferro, que sustentam largas lâminas de vidro esverdeado, conformando um balcão em dábliu. Sob um halo místico de cobre que se infiltra no volume das garrafas e na propriedade dos copos, homens e mulheres de meia-idade (da nossa idade), mascarados e envoltos em toalhas, se dobram sobre chaises e recamiers sarapintados por miras luminosas desgarradas da instalação etílica. Alguns bebem daiquiris, outros apenas orbitam, mas não há descontração. Não há bate-papos, corpos relaxados. Todos parecem imantados pelo que há dentro da sala escura, o que acontece nela. Há um trânsito tímido de entrada e saída. Quem está fora tem vontade de perguntar como foi para quem emerge resfolegante, se vale o risco. Para os iniciantes, a sala escura é o portal para uma dimensão onde os impulsos prevalecem sobre a dinâmica. Mas, afinal, é para isso que estão ali. A festa é a sala escura, aquilo que não consegue mais sair de dentro dela.

Existe uma única regra, e ela é fácil de compreender: quem está sem toalha na sala escura tem permissão para penetrar ou ser penetrado, chupar ou ser chupado de todas as formas possíveis e imagináveis. Não há reservas, não há possibilidade de negação. Quando você consegue avançar contra as dezenas de mãos que te bolinam, beliscam, apalpam, percebe que no meio do recinto há um pentágono aveludado onde parceiros (e aqui há uma contagem sempre crescente) se empilham para explorar as reentrâncias do outro. Uma vez que a toalha cai, é tarefa das mais árduas abandonar a câmara. Primeiro, por motivos elementares e, segundo, porque há um desejo inesgotável concentrado ali, uma tensão coletiva que te impõe ajoelhar-se. Contra o primeiro obstáculo, um flash dispara em intervalos de minutos, te dando a chance de ir ganhando campo até a saída. Adentrando a sala escura, ninguém realmente sai. Na primeira vez, eu fui penetrada por várias pessoas, ou talvez pela mesma, reiteradamente.

Não há qualquer impedimento na afirmação de que um homem e uma mulher, íntimos há vinte anos, não se empolgam mais com tentativas de sexo conjugal. O desejo pelo corpo do outro se extingue completamente a partir do momento que se reconhece não haver mais qualquer atributo em si para ser desejado.

A vida de pessoas casadas é um lento movimento de separação. Inicia-se com pequenos incômodos e involui para a total incompatibilidade. Aos poucos, cada um elege um canto da casa como trincheira, e o convívio se restringe a ocasiões estritamente necessárias. Todo relacionamento inicia com a escolha da música que vai sonorizar a vida a dois e termina com a busca incessante pelo mais longo silêncio.

A nudez alheia passa a ser uma exibição desagradável. Deita-se na mesma cama por conveniência, para tranquilizar o filho de que se vive em harmonia, quando, na verdade, existe uma marcação invisível que bem define espaços invioláveis. Toalhas deixam de ser compartilhadas, pois a morrinha do outro empesteia o tecido. A banha dos cabelos, a crosta das unhas, as manchas cinzentas do sarro entre as pernas. Casais engordam juntos, pois comer passa a ser o único ato de prazer que conseguem praticar deliberadamente. Os corpos ficam disformes, acumulam dobras de pele, inchaço e flacidez.

Para a mulher, em especial, o efeito da idade é devastador. Os peitos se achatam, a cintura se arredonda, a bunda perde a firmeza e se esparrama para os lados. Uma mulher que fuma sempre cheira esquisito. A boceta, por mais que se lave, sempre emana um trescalo inconfundível, uma seiva acre que tinge o forro da calcinha por ser anatomicamente um corte exposto, uma fenda de abas ásperas que conserva o ranço de todas as regras passadas.

O ser humano é o único animal que brocha, pois racionaliza o sexo. De modo que a trepada, caso ocorra, é um impulso orgânico, sempre após acordar, levada pela ereção involuntária. Dura no máximo cinco minutos, suja os dois com uma mistura mais de urina que de porra, e a desistência do contato volta a imperar durante o dia.

Daí porque a festa passou a ser excepcionalmente importante para mim e para ela. Havia ali uma espécie de reconciliação que não encontramos em nenhum outro meio. E não era apenas o sexo. A ansiedade do próximo convite, a frustração ao longo da espera eletrizava o nosso relacionamento funcional como a composição de um segredo nuclear. Era isto, afinal: depois de muito tempo, compartilhávamos um segredo. Algo tão necessário quanto a saúde da nossa filha, algo só nosso. Portanto, não iríamos parar.

Até que numa noite, quando deixávamos o armazém, percebemos um casal encostado na lateral de um carro com o pisca-alerta ligado. Aparentavam estar na mesma faixa etária que a nossa e, como nós, não havia a quem ligar pedindo ajuda sem ter que dar uma explicação desajeitada. Restava a eles, portanto, esperar pelo mecânico de plantão ou pela passagem de um táxi, o que, por conta da hora e do lugar, não era uma opção recomendável. Assim, oferecemos carona. Eles aceitaram.

Seus nomes eram Raul e Gioconda. Professora e advogado aposentados, ele ainda prestando consultoria para escritórios de contabilidade. Eles frequentavam a festa fazia muitos anos, uma solução para o casamento que corria para a instância incontornável do fatídico convívio. Nessa época, a festa não acontecia no armazém e não havia regras. Elas foram impostas no início dos anos 80, eles nos contaram, quando muitos frequentadores contraíram o vírus HIV. Também por conta disso, um grupo resolveu criar um encontro fechado num local remoto, que resistia até os dias de hoje. Uma reunião privada onde se explorava o que havia de libertino na forma de oferecer e obter prazer. Fomos convidados. E agora nós que aceitávamos a carona.

Ela se chamava Adalgisa. Foi a primeira pessoa que vimos, depois de passarmos um tempão com os olhos vendados à mercê dos solavancos no banco de trás do carro de Raul e Gioconda, durante a viagem por uma estrada acidentada com aroma persistente de capim-limão. Depois da visão se ajustar à retirada da venda, foi o sorriso discreto dela que nos recepcionou, no início da trilha de placas de cimento incrustadas na grama rala, feito um jogo da amarelinha. Era uma mulher longilínea e de elegante desenvoltura, embora se valesse de evidentes artifícios estéticos para disfarçar a idade. O cabelo, cortado à chanel, realçava o seu pescoço de uma brancura extraordinária, tatuado com uma expressão em latim sob o lobo da orelha esquerda. Vestia um robe de seda preto, esvoaçando ao curso dos passos morosos, rasteados pela fumaça da piteira de marfim com bocal dourado. Sem esforço, chegamos a um tipo de estrado de dois níveis, montados com placas de granito, onde estavam dispostos tatames revestidos de veludo circundados por velas robustas e incensórios. Véus feitos de tule em variados tons faziam as vezes de teto e paredes, formando as propriedades de uma tenda translúcida. A ampla construção era chamada de Templo, um altar devotado ao prazer, sem regras de resguardo ou moderação.

Estávamos numa chácara, àquela altura eu era capaz de discernir. Avistava a silhueta colossal de um casarão no comprimento invisível da trilha, semelhante a um desenho fino de giz recortado sobre a escuridão que enroupava uma mata densa e emudecida. Sobre nossas cabeças, o céu vazio de tudo a dois palmos, a absoluta desclaridade. Cabiam às velas, que deslindavam o perímetro do Templo, fornecer a única iluminação patente, uma vez que os faróis do carro de Raul e Gioconda, sumidos à sorrelfa, haviam sido apagados. Por conta disso, foi assustador quando outros integrantes emergiram das sombras cobertos por mantos pretos e máscaras de porcelana, enfileirados à frente das bainhas ondulantes da estrutura rarefeita. Caminhando em direção a eles, Adalgisa subiu no primeiro nível do estrado e, num tom moderado, nos saudou, anunciando que mais um encontro teria início. Nós, como convidados, ela registrou, teríamos prioridade na escolha do parceiro ou dos parceiros, mas, em contrapartida, seríamos submetidos a um excitante jogo de descobrir prazeres além das fronteiras das nossas próprias vontades. Bastava que um elegesse uma prática nunca experimentada pelo outro e nosso ingresso estaria garantido.

Há uma sensação de recompensa ao ver sua esposa em transe, sendo penetrada simultaneamente por dois pretos. É como entrar numa loja de departamentos, escolher um presente de modo aleatório e, na entrega, descobrir que era exatamente aquilo que o aniversariante desejou durante um ano inteiro. Intimados por Adalgisa, nos entreolhamos por um momento, e eram olhares governados pelo estranhamento daqueles que há tempos não se reuniam para tomar uma decisão difícil ou mesmo para resolver uma troca prosaica; a marca do creme dental, por exemplo. Nos olhávamos, e havia um indicativo de liberdade no gesto, uma confiança genuína que dizia tudo bem, você sabe o que é bom pra mim. Por essa razão, escolhi que ela seria submetida à dominação de vários parceiros. O desejo coletivo pelo seu corpo frágil seria o meu presente de aniversário para ela. Fazer de conta que o irreversível da flacidez e das cicatrizes, que a impediam de acreditar que ainda poderia excitar alguém além de mim, eram incapazes de anular o circuito que acende seus componentes, entre dobras e reentrâncias, ao contato da carne viva do outro, do interior preenchido com ardor e sangue, ao derramamento morno, viscoso e pleno. Por detrás dos véus, todos assistiam a cena em que ela encavalava orgasmos, retomando o ato em posições variáveis e úmidas arremetidas corpo adentro. Possivelmente por remontar dosagens intensas de prazer, ela tenha tomado a decisão de refletir em mim sensações ainda latentes. O que posso dizer, sem evocar detalhes confinados na memória de um quarto de hotel, é que, entre dois homens, sexo oral é um exercício, e sexo anal, uma agressão. Eu fodi e fui fodido, houve ejaculações e tomamos drinques mais tarde.

Champanhe e vinhos de diferentes safras foram servidos para brindar nosso ingresso no grupo. Todos retiraram as máscaras e se revelaram pessoas cultas e refinadas, propondo discussões sobre temas pelos quais sou apaixonado, em especial a literatura e a música orquestral. Adalgisa era uma anfitriã fantástica, com a incrível habilidade de aproximar casais que compartilhavam interesses comuns, fossem na literatura, no cinema, na gastronomia ou no sexo. Em todo o caso, o sexo era o imperativo, e o Templo se comprometia com afinco à aspiração de reprisar práticas e tendências que circulavam pelos clubes europeus e norte-americanos. Ali mergulhamos em irreversíveis níveis de enlevação. Certos encontros contaram com convidados que nos apresentaram meios indeléveis de prazer através da dor, da submissão extrema e do tantrismo; da virilidade de pastores alemães com as patas ensacadas em meias de algodão. Íamos tão fundo até não existir mais para onde ir. Qual é a barreira do corpo, afinal? Acreditávamos que nenhuma.

Na reunião seguinte ao nosso ingresso, perseguimos o carro de Raul e Gioconda a título de registrar o caminho, depois passamos a nos locomover por contra própria. Os encontros aconteciam impreterivelmente à noite, me competindo, assim, o volante do carro, pois a ele falhava a visão, apesar das minhas insistências de que consultasse um oculista. Os comunicados eram feitos por meio de mensagens cifradas, publicadas em classificados de jornal em datas estabelecidas. Isso exigia total atenção, pois a ausência arbitrária era considerada infração grave, passível de expulsão. E, sem as reuniões, estaríamos mortos em vida.

 Aconteceu num sábado. Me lembro por ter lido um artigo sobre o novo romance do Caio no Caderno B, que circula aos sábados com críticas literárias. Estávamos na estrada intermunicipal, a menos de um quilômetro da saída que desemboca no percurso de terra rumo ao Templo, quando o pager sonorizou o recebimento de uma mensagem. Com o conteúdo da bolsa derramado sobre as coxas dele à procura de fichas telefônicas, aceleramos até encontrar um posto de gasolina com orelhão, onde a operadora do call center replicou o pedido urgente de retorno para o número da escola da nossa filha. No outro lado da linha, a diretora, com um tom forçosamente calmo, comunicava que a menina tinha vomitado durante o ensaio de uma montagem teatral, concomitantemente a um súbito pico de febre e vertigem, e que, por isso, tinha sido levada às pressas à emergência hospitalar. Eu encerrei a ligação e ficamos nos olhando, confusos. Havia uma chama dentro de nós que não queria ser apagada, sobretudo tão próximos daquilo para que serviria. Tínhamos o plano e a gravidade da ausência a nosso favor. Contudo, o acúmulo da idade acaba por contrabalancear o peso do desapontamento, tornando menos caudaloso o que seria arrastado pelo carro no retorno marcado pela deserção.

Entramos pelo hospital entupido de pais nervosos e filhos cujo mal-estar não comprometia a habilidade de perpetrarem a algazarra, descobrindo a professora titular acuada num banco de espera, com a nossa filha frouxa sobre um ombro, os olhos finos e afogueados pela febre. Demorou mais uma hora até ela ser atendida, a coleta de sangue ser realizada e a médica plantonista diagnosticar herpangina, uma infecção viral que causa úlceras na garganta, febre alta e vômito. Apesar de levar a um estado extremamente doloroso, o tratamento consiste em controlar os sintomas até que o organismo supere o vírus. A menina tomou uma injeção a contragosto e foi liberada. Embora não haja nada de satisfatório no fato de uma criança estar doente, nos sentimos aliviados pelo hemograma afastar o temor da recidiva da leucemia que, anos antes, por pouco não a fez sucumbir precocemente.

Naquela madrugada, eu e ele nos alternamos nos cuidados à nossa filha, na administração de analgésico e antitérmico e na aplicação de compressas de água fria sobre a testa e nas áreas das articulações. Apesar dos turnos, ninguém de fato dormiu, por conta do choro sofrido que doía o coração, principalmente quando era acompanhado por pedidos inatendíveis de ajuda, diante da impossibilidade do vírus ser extraído como uma farpa. Foram horas longas e febris, que comprimiam o raciocínio numa ideia fixa. Contudo, ainda que reprovável, toda vez que nos entreolhávamos, numa trégua da vigília ou na saída do quarto para umedecer os panos, havia uma leitura que ia além da torcida pela melhora da menina, uma incerteza pulsando a dezenas de quilômetros. Quando o dia amanheceu, eu estava na cozinha fumando quando ele se aproximou e perguntou o que iria acontecer. Eu não sabia, e tinha medo. Eu também, ele confessou.

Mais tarde, naquele mesmo dia, depois que a menina despertou do sono mais duradouro com os sintomas atenuados, eu liguei para o consultório do pediatra e fui informada de que o médico cumpriria uma série de partos, indicando-me um substituto. O doutor checou sua garganta e validou o diagnóstico da plantonista, recomendando continuar o tratamento por uma semana. Ao sairmos, eu estava tomada por uma leveza capaz de fazer o corpo levitar na rota de uma brisa. O médico substituto era amigo do Olavo, também frequentador do Templo. Ele gostava que lhe enfiasse dois dedos enquanto era chupado.

Ficamos tão tensos, nos primeiros minutos da reunião seguinte, que não conseguíamos nos concentrar nos assuntos embalados na roda formada por quatro casais, virando uma taça do que fosse atrás da outra e acompanhando os passos de Adalgisa com olhos inquietos. Um sujeito de cabelos brancos regiamente penteados para trás, professor de piano, tentava me impressionar contando que assistira Marlene Dietrich cantar, acompanhada pelo piano de Burt Bacharach, no Festival de Edimburgo, em 65, mas era como se falasse do plano astral ou de uma receita de ovos cozidos. Minha atenção flanava acima do trânsito de vozes e gestos, de modo que não me dei conta da empolgação que contaminava a todos nem do fato do roteiro ter sido invertido, com as bebidas sendo servidas na chegada. Foi somente quando Adalgisa se pôs no centro do nível mais alto do estrado, atraindo a todos com batidas leves da piteira no corpo da taça, que notei que acontecia algo fora do comum. Entusiasmada, ela anunciou que, conforme prometido na última reunião, a noite seria especial. Abriu um dos braços e, na esteira do movimento, convidados surdiram de passagens obscuras às suas costas, dois homens e uma mulher.

O nome era barebacking, bem popular em clubes privados de Nova Iorque, ela acrescentou. Dos três desconhecidos, entusiasticamente chamados por Adalgisa de presenteadores, um era aidético. A proposta era todos fazerem sexo sem proteção com pelo menos um deles, desconhecendo qual estava infectado.

Um jogo, uma roleta-russa.

Ninguém era obrigado a participar. Nós participamos.

O carro era um autômato gravitando sobre fachos que rasgavam a escuridão com esforço, uma bólide anêmica. No interior da cabine, ocorria um esmagamento causado pelo medo, dois reféns da mesma aflição, incapazes de assimilar o que sentiam, desgovernados demais para buscarem contenção um no outro. Ao fim do encontro, tudo se tornara difuso, como se compartilhássemos agora os sintomas irreversíveis da miopia, um novo rumo sem sinais, o qual só poderia ser cumprido com riscos.

Num trecho do percurso margeado pelo mar, abandonei a estrada e avancei contra um descampado, estacionando rente à garganta de um penhasco. No instante em que desliguei os faróis, um recorte de astros cintilantes cobriu o para-brisa, enfeixando o interior. Uma beleza imprópria, com a qual não conseguíamos lidar. O mesmo embaraço que estávamos tendo com as palavras. O silêncio era quebrado, de quando em vez, apenas pelo motor que arrefecia entre inconvenientes suspiros. Talvez o último agora, igual ao nosso. Quantos suspiros ainda tínhamos? O que poderia ser feito antes da queda?

Sem dizer uma palavra, nos despimos. Ele puxou a alavanca, correndo o banco para trás e, livrando-me da calcinha, girei a perna e montei sobre as coxas dele, abarcando a ereção. Ficamos assim por um tempo, encaixados apenas, sem movimento senão o fluxo cálido das respirações, que remansosamente se compassavam. Não era por conta do sexo, e sim da incerteza. Pela primeira vez, não havia velocidade, não haveria ardor. Apenas assim: eu e ele embotados pela paragem de um futuro indistinto, revidando com uma condição sem nome que tomava emprestados contornos da fidelidade.

CAPÍTULO III

Às vezes penso que estou morta. Que sou uma voz inaudita, uma silhueta de giz sobre a escuridão transpassada pelo zumbido das máquinas de sobrevivência, o vazio estertor.

Então vejo. Se vejo, ainda não estou morta.

Através da lente turva do olho que ainda não foi obliterado pela doença, vejo a circulação de fantasmas no quarto estéril e frio que rondam a cama em deslocamentos elásticos, acompanhando o meu estado laivo sem que eu possa nomeá-los.

Será a enfermeira afetuosa dos primeiros dias, quando ainda residia em mim clareza e, por baixo da clareza, por mais tolo que possa parecer, otimismo e potência? Nunca vi o seu rosto por inteiro, sempre vestido pela máscara hospitalar, mas ainda trago a sensação da quentura do dorso dos seus dedos ao encontrar os meus lábios, na hora da medicação regular dos coquetéis antirretrovirais. O gesto cioso sincronizado a um copinho d'água em derrames lentos, depois o conselho para que dormisse, para que não me esforçasse mais que o possível. E de abrir e fechar os olhos diuturnamente, o direito não mais abriu. Restou esta visão falida, incapaz de distinguir além do disfarce de vultos.

Agora vejo a massa nebulosa se dividir em duas formas alongadas. Falam entre si, bem baixo. Será a equipe médica, os infectologistas sem a cura, ou será ele e Karla?

Tento perguntar, mas a voz é barrada pelo sopro incessante que jorra da máscara de oxigênio. Quanto tempo ainda me resta sem ser ouvida além de mim? Não posso ceder ao silêncio. Não tenho mais completude, não sou mais matéria. Sou agora esta voz que só eu escuto. A voz é o que me sustenta, é onde existo.

Do corpo, ficaram os despojos sobre a malha do lençol desgastado por banhos de detergente e desinfetante a cada dois dias. A ruína revestida pela pele fina e mosqueada pelas lesões púrpuras, onde habitam os vapores rubros dos órgãos dilatados, a ossatura pontiaguda que impera sobre a atrofia da carne, tornando os movimentos que conduzem os braços esquálidos, lentos e desorientados, feito os de um recém-nascido.

O corpo é a cova, o corpo é a negação do corpo.

Tento gritar, mas não tenho força.

Minha primeira reação, após acordar nua, na cela fria do DOI-CODI, foi gritar.

Gritava de medo, contra o desconhecido, gritei até me situar. Estava numa sala escura e todo o lado direito do meu corpo ardia. Passava por uma amnésia transitória, uma confusão dos sentidos. Então me levantei e trombei nas grades.

Saquei que aquela não era a enfermaria do Souza Aguiar para onde tinha sido levada depois de tomar um tiro no ombro e cair numa ação de banco. Eu tinha sido sequestrada do hospital pela Polícia do Exército e seria torturada.

Voltei para o colchão de pano estirado no chão e esperei por horas. Tremia.

O primeiro a aparecer foi o psiquiatra. Sua presença, em princípio, me encheu de alívio, pois pensei que era um médico mandado para avaliar as condições do ferimento à bala. Ele tirou minha pressão, auscultou meu coração, tudo no mais cruel mutismo. Não respondia as minhas perguntas, os meus pedidos envergonhados de me devolver as roupas. De repente, ele me aplicou uma injeção e desapareceu. Não demorou e comecei a ficar zonza. Minhas pernas falharam, e eu desmontei. Tentava ficar em pé, mas não conseguia. Foi o início da tortura psicológica com as drogas dissociativas.

O psiquiatra surgia e me entupia de remédios. Puxava a minha cabeça e me forçava a engolir os comprimidos, empurrando-os com os dedos pela minha garganta. Eu perdia a noção do tempo. Batia a cabeça nas paredes, tocava as grades e levava choque. Sentia frio, em seguida muito calor. Sempre no isolamento. Ninguém surgia. Então eles apareceram do nada. Eram muitos. Berravam nos meus ouvidos que iriam me matar. Perguntavam sobre as ações armadas, os sequestros, os líderes, os companheiros no Araguaia, sobre Cuba, e eu não conseguia agir contra o estado de entorpecimento.

Saíam, voltava o psiquiatra e me dava mais remédios, e eles entravam e berravam que iriam acabar comigo, levantando as mesmas questões que eu não conseguia responder.

Daí, um deles tirou um revólver da cintura e enfiou o cano na minha boca, gritando que iria estourar os meus miolos caso eu não abrisse o bico. Puxou o gatilho uma, duas, três vezes, e voltaram a me deixar sozinha na cela, entre a lucidez e a alucinação. Foi quando saquei que era tudo era um jogo de cena e que, para derrubar aquele teatro, só inventando outro ainda maior, e foi o que fiz. Falei que, se não me dessem mais drogas e devolvessem as minhas roupas, eu iria entregar tudo. E misturei mísseis soviéticos com Cuba, treinamento militar, embaixadas, espionagem, uma história inverossímil que prendeu a atenção deles por um tempo.

Numa noite, um cara que eu nunca tinha visto, um mulato forte, entrou na cela e disse agora você vai ser torturada como homem. Levei um chute no meio da cara, que deu partida ao espancamento. Coisa pesada mesmo. Apanhei até amanhecer. Depois ele me pendurou no pau de arara e iniciaram os choques. Dentro dos ouvidos, nos bicos do peito, na xoxota. Eu apagava e era acordada com baldes de água fria, ensopando todo o meu corpo e tornando a intensidade da descarga maior.

De vez em quando, aparecia o psiquiatra, ele media a minha pressão e declarava ela aguenta. Aí recomeçava a sessão de choques e pancadas. Muito soco na cabeça.

Apesar disso, eu não falava. Não delatava companheiro, não derrubava aparelho.

Resolveram me pôr no coletivo. Fiquei sob os cuidados de mulheres que eu não conhecia, a maioria estudantes. Passavam mercúrio cromo, me davam aspirina. Me arranjaram um espelho e eu parecia um monstro. Espancamento tira a feição. Elas contavam as suas histórias, mas eu não contava as minhas. Sabia que eles estavam ouvindo.

Então me colocaram na geladeira, um frio danado. Tiraram também a minha comida. Depois o isolamento de novo, mais choques e mais pancadas. Afogamentos, queimaduras.

Um dia entrou na cela um policial conhecido como Camarão. Baixo, calvo, bigode cerrado. Disse tira a roupa que eu vou te comer. Ele me estuprou. Enquanto vestia as calças, acendeu um Marlboro, deu uma tragada e espetou o filtro entre os meus lábios. Fuma, disse, aproveita a sensação, pois você logo vai virar presunto. Eu nunca tinha fumado na vida, e fumei aquele cigarro inteiro, sem engasgar.

Como gostaria de ter, uma última vez, essa sensação única do cigarro! Essa sobrevida é a travessia, e eu estou no curso final dela, na fase terminal da doença, de modo que se me fosse conferido um instante derradeiro de satisfação, pediria que trocassem o oxigênio soprado pela máscara por fumaça de tabaco. Não me importa que seja um vício sujo, contraído da boca de um algoz; já fui julgada, eu cumpro a pena.

Tem um conto triste do Caio em que um filho doente vai visitar a mãe bem velha, sem que ela tome conhecimento de que é um adeus. Eu já me despedi dos meus. Só queria me sentar de maneira confortável e fumar um último cigarro. Senti-lo amornar entre os dedos, queimar junto, esfumear em milhões de partículas venenosas, ser cinza.

Quando ele e Karla vinham me visitar, nos primeiros meses da internação, todos sabíamos que nos despedíamos em parcelas. Eram períodos curtos, mas intensos, meia hora, três vezes por semana. Eles com os rostos cobertos pela máscara hospitalar e de camisola, ainda era liberado o contato físico. Mas eu não conseguia deter o cerco que ia me exilando paulatinamente de Karla. Como confrontar o desconforto impresso nos olhos dela por estar de novo naquele ambiente sufocante, o cemitério vivo onde passou boa parte da infância, agora para presenciar, dia sim, dia não, a mãe se transformar num inseto monstruoso?

Então ele a levava para o corredor e retornava sozinho. Sentava na beira da cama e falava sobre variedades de curto alcance: a rotina doméstica, as mudanças no país. Foi uma surpresa amarga ter notícia de que teríamos mais um governo de direita, que uma nova moeda, baseada num modelo neoliberal, era a esperança econômica, que a agência ainda ia mal devido às sequelas duras do Plano Collor, mas uma alegria enorme escutar que pensava em vender a casa e os dois se mudarem para o apartamento deixado pela irmã dele em Niterói. Seria melhor. Ninguém de fato deixa uma casa, a menos que todos a abandonem.

Por fim, ele tirava do bolso um Free e espetava entre os meus lábios, ficando de guarda na porta para que a enfermeira de plantão não nos pegasse no flagra. Eu tragava o bastão apagado até ficar molenga por conta da saliva e esfarelar. Era um prazer sem tamanho.

A Karla voltava minutos antes de findar o turno e se curvava sobre a cama, cobrindo meu corpo numa ideia de abraço. Não a culpava pelo mal-estar. As crianças enxergam seus pais como totens de sabedoria, muralhas contra os riscos da existência cotidiana. Assistir a mãe definhar, adquirindo uma compleição mais frágil que a sua, é uma forma de amadurecimento das mais cruéis. Filhos não deveriam ver seus pais morrerem tão cedo. Há estágios de desencanto na vida a serem completados antes do abalo contido na perda paterna. Reverter essa ordem pode instaurar a insensibilidade ou levar à loucura.

O objetivo principal da tortura é enlouquecer. O torturador estabelece uma rotina que, à primeira vista, parece caótica, mas é articulada para dobrar o prisioneiro, arrancar do silêncio o vômito da confissão ou, por repetição, trancafiá-lo em terrores psicológicos. Espancamento, choque elétrico, levar para o coletivo, levar de volta para o isolamento, pau de arara, afogamento, simulação de execução. Não para nunca, uma história sem fim.

Eu passava os dias ensanguentada, torta num canto da cela, sem comer. Fui perdendo muito peso, e meu organismo ficou tão debilitado que tive perfurações de órgãos. Meu xixi era sangue escuro, daí me levaram para o Hospital do Exército. Eu não andava, por conta das sessões de choque. A eletricidade vai contraindo a musculatura até paralisá-la por completo. Ficava estirada no leito, mirando o branco do teto, com a agulha enfiada na veia me embebedando de soro e antibióticos, numa mesma posição. Foi quando o meu nome apareceu na lista de troca pelo embaixador sequestrado. Um militar entrou na enfermaria e disse você vai sair amanhã. Estou toda quebrada, não consigo andar, respondi. Reclame com seus companheiros. E jogou um jornal na minha cara.

Interromperam o tratamento e me puseram numa cadeira de rodas. Um escândalo!

Fui despachada para Argel, que me concedeu asilo político. Tratei a hemorragia lá e, aos poucos, recobrei a saúde das pernas. Recuperada, fui para Cuba, onde fiquei em treinamento por nove meses, esperando o passaporte falso da organização para deixar a ilha. Em Praga, troquei o passaporte falso cubano pelo falso brasileiro e me mudei para Paris.

Eu recebia dinheiro da organização, na época, mas não era muito e atrasava. Como estava clandestina, fui trabalhar como babá para me sustentar, embora meu francês fosse sofrível. O curioso é que, justamente por conta da minha dificuldade com o idioma, o pai de uma das crianças que cuidei me inscreveu num curso na Universidade Paris-Sorbonne para imigrantes hispânicos.

Numa tarde de outono, eu voltava pela margem sul do Sena quando divisei, na área livre de um bistrô, alguém de um passado tão desbaratado pela violência do presente que parecia a lembrança de um momento inventado, a passagem de um livro lido de costas para uma luz desmaiada, a cena de um filme visto de madrugada sob o feitiço do sono. Fiquei parada durante um tempo inarrável, hesitando se deveria romper aquela bolha.

Roberto. E foi como se ele estivesse me esperando ali todos aqueles anos.

O estupro é um luto. Você sempre vai revivê-lo com a gravidade de uma morte insuperável, a morte desse alguém que você era antes de acontecer. Você passa a ser um outro incapaz de compartilhar intimidade, sem que o mínimo contato físico se afigure agressão. Eu temia que Roberto não entendesse, e temia muito mais. A tortura deixa sequelas de todas as naturezas. Cicatrizes, hematomas inapagáveis. Se meu corpo não me atraía o olhar, como poderia refletir em alguém?

Entre nós dois, porém, havia uma força de afeto que nos atava a momentos inacabados, algumas pendências sentimentais anteriores à mulher e ao homem que nos tornamos na distância alheia. A urgência de retomar a história anulava o centro desse espaço, obliterando a barbárie, a complexidade, a significância desse determinado período para reatar as duas pontas, reacender um circuito impossível de ser traduzido em palavras. O sexo, desse modo, deixa de ser exploração e adquire a funcionalidade de um código, de uma senha apenas decifrada por essa ligação carnal, transportando a consciência para um passado imune a todo horror que encavalaria os anos seguintes e faria, justamente do sexo, o ato compartido de maior repulsa. Talvez por isso, e unicamente por isso, as leis do universo consigam explicar o porquê de uma ex-guerrilheira ter se casado com um yuppie que fazia serviços para instituições financiadoras do regime. Roberto era a última lembrança que meu corpo tinha de prazer, de delicadeza. E, não raro, um corpo ferido precisa mais de memória que de contato.

Nos últimos minutos de nosso segundo encontro naquele quarto de hotel em Paris, eu fingia que não escutava seus apelos para eu voltar com ele ao Brasil fixando o olhar na tevê que transmitia o casamento de Diana Spencer, a plebeia que se despedia da vida de mulher independente para ser soterrada pela pomposidade da realeza. Com o voo marcado, Roberto me encarava ao pé da porta e, apesar de não me lembrar de suas últimas palavras ou de ver o seu rosto minorar na medida da madeira, me recordo da sensação de impotência, menos pelo medo de que os milicos estivessem à minha espera no Brasil que por não saber ao certo em que eu iria me transformar.

Todo futuro é uma ameaça.

Foi então que comecei a vomitar no trabalho, e meu patrão pediu que eu ficasse em casa, com receio de ser algo que pudesse adoentar as crianças. Os enjoos seguiram por uma semana completa, até que não resisti e consultei com a médica responsável pela saúde dos alunos dentro da universidade. Alguns dias depois, veio o resultado do primeiro teste que me aterrorizou: Positif pour la grossesse.

Eu era uma exilada política sobrevivendo em Paris com o salário sofrível de babá e agora grávida de alguém separado de mim pela extensão de um oceano.

Não tinha ideia do que fazer.

As dúvidas penetravam pelo sono, fazendo com que eu acordasse em rompantes, revivendo um sintoma cuja origem anterior era a tortura. Eu não podia desabar outra vez, deixar que os fantasmas adormecidos me desmontassem o juízo, e a saída cabível era o aborto. Não seria uma medida de risco, clandestina, pois já estava em vigor a lei Veil.

Na manhã agendada para os exames prévios ao procedimento, eu caminhava pela Goutte d'Or quando fui tocada no braço por uma mulher. Ela usava um vestido de malha fina sobre a pele branquíssima e tinha cabelos compridos pretos e olhos grandes. Perguntou, num francês claudicante, se não nos conhecíamos. Estudei seus traços por alguns segundos e respondi que estava certa de que não. Ela não insistiu.

Eu realmente desconhecia aquela mulher, contudo, a imagem fotografada do seu rosto me levou, na entrada de um boulevard, de volta ao coletivo do DOI-CODI. Havia uma companheira lá, sempre caída pelos cantos, com o olhar vidrado. Seu nome de guerra era Selma, e ela tinha os traços e a constituição física idênticos aos da mulher em Paris. Numa ocasião, algumas mulheres lavavam roupas numa bica, quando me aproximei e perguntei sobre ela. Me afligia seu silêncio, sua apatia, seu corpo falido. Uma delas então me confidenciou que a Selma tinha caído numa emboscada, dentro de um táxi, quando tentava deixar o país com o filho bebê. Ela foi presa — a mulher me contou ao pé do ouvido — e torturada para entregar uma casa que escondia militares; ameaçaram matar a criança e desaparecer com o corpo dela. Aquilo me embrulhou o estômago e, desarmada pelo choque, questionei o porquê dela não ter delatado. Daí a companheira respondeu que, ainda que abrisse tudo o que os agentes pediam, ela sabia que nunca mais veria seu filho. Por isso está assim: morta em vida, nem fazem mais questão de bater nela.

A pior maneira de ferir uma mãe é fazer mal a seu filho. Que tipo de pessoa seria eu, então, matando uma criança que sequer nasceu?

Com a fachada da clínica à vista na escala íngreme dos prédios, me dei conta de que eu seria alguém tão desprezível quanto os assassinos daquele bebê, daqueles que aprenderam a matar sem precisar arrancar a vida, dos monstros que estupravam mulheres e as obrigavam a dizer que estavam gostando, que queriam mais forte.

Voltei ao Brasil grávida de sete meses, e a minha vida, a de Roberto e a de Karla foram se integrando no movimento brando do reconhecimento. Eu me sentia brasileira aos poucos, mais segura a cada dia. Porém, ainda que isso seja inconfessável, casar com ele foi, de fato, uma forma de proteger nossa filha, de salvá-la de quem eu era em Paris. Exatamente por isso, anos depois, naquele quarto de tratamento intensivo decorado de modo a fixar a infância para aqueles que batalham para protegê-la da doença, eu tenha ventilado para o desespero que talvez o aborto tivesse sido a melhor decisão, a solução prévia e sumária para anular todo o sofrimento de uma criança que descolorava em meio à amarelidez dos lençóis a cada ineficiência das drogas e da radiação, a cada sinal de que o transplante seria inevitável, a cada momento de angústia em que eu me desculpava por ser uma mãe que observava, sem armas senão a vigília, a filha ser derrotada covardemente pelo câncer.

Naquele quarto claro-escuro e rigorosamente asséptico e sufocante, eu projetava minha filha numa cela da Barão de

Mesquita, uma inocente sofrendo por eu ter pego em armas, sequestrado e matado, como num tipo tardio de punição que transcendia o julgamento dos homens e se reportava a uma ordem divina. Sempre acreditei que Deus fosse uma invenção literária, e conduzi toda minha vida adulta com o impulso das ideologias. No entanto, ao pé daquele leito hospitalar que lhe substituía a saúde por química, eu desabei de joelhos e supliquei a Deus que não a tirasse de mim, que me perdoasse pela dor que causei a outras mães, que me desse algo em que eu pudesse me escorar e transformar esperança em resistência. E a salvação não veio, pois já estava lá.

Quando conheci o Roberto, no encontro da UNE, em São Paulo, eu me relacionava com garotos que queriam lutar pela liberdade e transferia esse mesmo ímpeto para o sexo. Roberto era mais velho e paciente. Conduzia com lentidão a nudez do corpo, o toque, a obtenção do prazer sem contato físico. Nosso primeiro encontro foi marcado por descoberta e ensinamento, pela elevação de um mundo paralelo onde não se prendia e matava, onde as leis eram nossas e não eram nenhuma. Reencontrá-lo quase dez anos depois, por sua vez, foi atemorizante. O mundo que um dia criamos havia sido incinerado pelo tempo, pelo próprio mundo real onde os atos instituídos contra a liberdade permitiram que eu fosse severamente torturada e quase morta. A ideia de ficar nua diante de alguém era repulsiva, pois eu achava repulsivo o meu corpo marcado pelas cicatrizes e por outras lesões profundas sem marcas visíveis. Roberto entendeu que eu era outra e que ele poderia ser o mesmo, mas precisava ser outro, então substituiu o empenho das primeiras transas por ternura, e potência por uma carga de sentimentalidade que me fez obter, da oferta de afeto, um senso de gratidão.

A maior demonstração de entrega é deixar que alguém goze dentro de você.

Porém, ainda que seja um dos componentes mais robustos para se levar a um casamento, o sexo é a primeira fundação a fraquejar numa relação a dois. A três, é incontestável. A chegada de um filho transforma você em alguém que nunca quis ser ou em alguém que você sempre negou que se tornaria. Eu e Roberto mudamos, a relação naturalmente esfriou. Contudo, foi no exercício da paternidade que a imprevisibilidade da vida e sua crueldade desnorteante se impuseram sobre as leis do universo e iluminaram um trecho antes inacessível da nossa história que eternizou, para mim, o porquê de uma ex-guerrilheira ter se casado com um yuppie. Durante todo o período da internação, toda a fase em que a melhora de Karla se afastava de nós, Roberto foi meu esteio, meu companheiro, meu porto seguro. Sempre ao meu lado, ao lado da filha, trocando os turnos da vigília de maneira incansável; cioso, apesar das obrigações na agência e do adiantado das horas. Ele fazia questão de passar as madrugadas no hospital para que eu descansasse, embora não trabalhasse na época, embora minha rotina se resumisse às tarefas da casa e ao cuidado da criança, a escutar música e estudar história e sociologia, a me envolver em causas sociais e comissões de direitos humanos que buscavam a verdade sobre os desaparecidos políticos, que reivindicavam as diretas, que organizavam passeatas e implantavam núcleos de socialização nos campus universitários a fim de ressoar o ideal por gerações.

Eu não provia a casa com qualquer ajuda financeira. Roberto tinha a agência. Trabalhava dia e noite, viajava a negócios e voltava o mais breve que conseguia, muitas vezes insone, demonstrando que nada importava senão a saúde da filha, a gana de estarmos juntos, sem que nada lhe afetasse o espírito de otimismo.

Um dia depois de Karla fazer o transplante, ele chegou de São Paulo, da ponte aérea direto para o hospital. Olhando a nossa filha através da transparência da janela, me enlaçou os ombros e, com os lábios colados à minha orelha, sussurrou não se preocupe, o pior já passou. Agora todos nós estaremos bem.

Ficamos imóveis por um tempo, processando o silêncio de um jeito que há muito não era concebível, depois me desvencilhei do seu braço e saí ao encontro do dia que crescia embalado pelo coro de milhões de brasileiros cantando um recomeço, a esperança investida na eleição do presidente Tancredo Neves, com os braços erguidos e os dedos entrelaçados de modo a simbolizar o pacto civil que decretava o fim da mordaça, dos porões de tortura, dos anos de chumbo.

Fazia sol quente, eu me lembro. Andava a esmo, entre risos e lágrimas, movida pela vitória da causa, pelo sentimento de que eu tinha livrado o país e a criança do câncer selvagem, do breu em que estavam metidos, sentindo a onda de renovação pulsando em mim, o sabor do primeiro cigarro anunciando que venci, que vencemos.

Mas vencemos Deus? A Karla, sim. Eu ainda desconhecia os efeitos do Seu revide acrônico e implacável.

A recuperação foi tão lenta quanto satisfatória, sem recaída no período pós-clínico. À medida que os remédios e o tratamento iam sendo retirados, a sua pele readquiria o viço e a cor natural, os fios ruivos voltavam a brotar na sua cabeça. Eu também precisava de mudanças. Apesar da experiência com a ajuda de custo repassada pela organização, sempre fui ou busquei ser uma mulher independente. Roberto nunca me interpelou sobre qualquer assunto referente a dinheiro, mas me sentia incomodada por pedir que pagasse minhas contas ou me desse uma quantia qualquer, mesmo que o destino fosse Karla ou ela estivesse envolvida.

Numa reunião do partido, em 87, em que se esboçavam as primeiras ações para a campanha de Lula à presidência, na esteira do discurso de Aracaju, reencontrei um companheiro de clandestinidade que tinha recém-integrado o corpo docente da UFF e expliquei sobre a minha situação, sobre o interesse em voltar ao ambiente acadêmico. Ele então me indicou um programa para formação de professores reservas, que era um tipo de graduação que permitia liderar grupos de estudos após uma determinada soma de horas, com o benefício de uma bolsa. Fui selecionada e, três vezes por semana, tomava a barca na Praça XV e atravessava a Baía de Guanabara para chegar a Niterói.

Conviver com novas pessoas me coloca diante de uma reserva de frescor que não mais existe num casamento de longa duração. Duas pessoas que se unem para proteger outra erguem uma redoma em que invariavelmente ficarão presas, respirando o mesmo ar contido naquele ciclo de repetições. Voltar à universidade no exato momento em que a batalha contra a doença fora vencida me permitiu a reconquista de um espaço próprio que logo se afeiçoou a um mundo repleto de possibilidades e produção. Eu poderia ser outra durante algumas horas, três vezes por semana. E sem dúvida fui.

Toda busca humana se resume à liberdade. Nas guerras, a percepção de derrota está vinculada ao domínio; numa relação entre marido e mulher, o domínio está vinculado à resignação. Aceitar que a vida é um exercício interminável de monotonia é o que faz de você realmente maduro. O resto é feitiço de uma vivacidade que evapora quando você se dá conta de que a liberdade consiste em pequenos momentos de silêncio e solidão.

O tempo não volta. Ponto. Por mais que eu quisesse apagar as marcas na carne, as lembranças da dor que senti e do que escutei no fundo daquelas celas, nenhuma força de vontade seria capaz de excluir da minha história as ações revolucionárias, as impressões digitais no gatilho. Eu sobrevivi, casei e tive uma filha. É isso. Não cabe numa saga. Deixar me seduzir pela tentação de que algo poderia ser diferente não ia me rejuvenescer. Envelhecemos e seremos incompletos. O jeito intenso com que eu e Roberto nos relacionávamos era o jeito como nos relacionávamos no passado. A paixão, a avidez sexual, pouco a pouco se converteu em cumplicidade. Convivemos.

Quando voltou do hospital, Karla passou a dormir na nossa cama, entre a gente. E isso é terrível para o casal. O sexo, quando ocorre, se resume a um ato desajeitado, malfeito e um tanto condenável, pois se tem uma criança ao lado que pode despertar a qualquer momento. A tensão está ali por motivos errados.

A insistência, desse modo, só vai ser um aditivo para o cansaço intratável que caracteriza a paternidade e a maternidade. Todo esforço de manter essa chama conjugal, o imenso calor sedento que era o combustível das primeiras descobertas, resultará num golpe de decepção que vai tragar tudo para um mesmo abismo. O amor não necessariamente deixa de existir, apenas não está mais à vista. É preciso se acostumar a ser duas pessoas, cujas motivações cotidianas sejam zelar pelo bem-estar da outra. A aventura agora é defender o filho dos males do mundo. Alimentá-lo, educá-lo e direcioná-lo a se tornar alguém melhor que a soma dos seus pais.

Havia, no curso de formação de professores, um bolsista chamado Paulo Henrique. Inteligente, bem apessoado, socrático. Desde os primeiros dias, percebi que ciscava uma amizade comigo. Morava no Méier e constantemente me oferecia carona para atravessar a ponte. Certa vez, estávamos divididos em duplas, numa discussão baseada na perspectiva de Paulo Freire sobre a educação como prática da liberdade, e ele mexeu no meu cabelo e me deu uma cantada. Ao fim da aula, vi ele parado no estacionamento. Bastava eu entrar no carro e certamente não iríamos para casa.

Quando Karla dormiu, naquela mesma noite, eu e Roberto escapamos para o quarto dela. Fazíamos isso para termos privacidade. Puxávamos o colchão de solteiro para o chão, cobríamos com um lençol velho e deitávamos, já nus, um sobre o corpo do outro. Apesar do empenho, outra vez não rolou. Havia um tempo que Roberto não conseguia sustentar uma ereção, e todo envolvimento que antecede o sexo desmoronava em frustração e insegurança. Eu entendia: a cobrança do trabalho, a estafa de estar no meio de uma campanha gigante para um festival de música. No entanto, por mais que eu me controlasse para ser sensata, era irrefreável não procurar em mim a causa do fiasco, no reflexo do espelho do banheiro que denunciava as cicatrizes, a flacidez. A sorte era que o abrasamento logo minguava para um bom senso que me garantia que, sim, era a estafa. Roberto me amava, sempre declarou que eu era seu único e grande amor. Nunca iria me trair, vestir uma máscara que não sobrasse uma borda reveladora do seu comportamento infiel. Eu saberia. Uma mulher sempre sabe.

Então descobri a fita.

Naquela época, eu coordenava meu primeiro grupo de estudantes, que utilizava dados do IBGE relacionados à violência doméstica para produzir um levantamento sobre a realidade das mulheres nas comunidades vizinhas à universidade. Era uma tarde de folga, para a qual eu havia alugado alguns filmes, de modo a enriquecer com cultura o debate sobre o projeto. Karla estava no colégio. Espalhei os estojos sobre o colchão e retirei, de um deles *A fonte da donzela* de Bergman.

A cama ficava de frente para a cômoda onde estavam a televisão e o videocassete. Liguei os dois. Antes que pudesse encaixar a VHS, porém, o aparelho inesperadamente ejetou outra. Uma fita nova, embora com as etiquetas raspadas. Imaginei que fosse algum filme publicitário que Roberto tivesse trazido para avaliar e acabou esquecendo dentro do videocassete. Ele costumava fazer esse tipo de trabalho em casa. Só tinha um jeito de saber. Empurrei a fita de volta para ver o que era.

A reprodução se iniciou em modo automático, enchendo a tela de chuviscos, ao que se seguiu uma cena chocante. Três homens fodiam de maneira agressiva. De quatro, sobre um sofá comprido de estofado bege, um jovem louro sugava o pau de um cara de cabelos pretos, enquanto um outro, encaixado na sua bunda, lhe penetrava com avidez.

Desliguei a tevê e fui desmontando aos poucos, até achar o chão. Fiquei ali, imóvel, num mutismo inquebrável durante algumas horas. Por que aquela fita estava na minha casa? Quem tinha deixado ela no videocassete? Será que existiam outras? Por que Roberto fizera todo aquele teatro na casa do Olavo e assistia, em segredo, filmes em que homens fodiam homens? O que ele procurava? Que tipo de excitação havia naquela cena que não encontrava mais em mim?

Sentada no chão, em silêncio, eu me envenenava com questionamentos e ponderações. Não sabia como agir. Será que deveria confrontá-lo e desmascarar seu segredo ou devolver a fita ao interior do aparelho e fingir que não a tinha encontrado?

Foi então que o relógio de pulso tocou o alarme, me lembrando que tinha de buscar a Karla no colégio, e me dei conta de que, qual fosse a minha reação, a preocupação maior deveria ser com quem mais sofreria com o abalo na estrutura que criamos. Karla era uma criança que tinha passado por níveis de maturidade forçados e cruéis, por uma expulsão violenta para um vácuo temporal que a impedia de falar como criança, compreender como criança, pensar como criança, imputando à infância uma jornada de sobrevivência. Colocá-la no centro de um desquite, naquele momento, por conta de um segredo, seria o equivalente a confessar que a superação da doença era a escalada para um plano de normalidade montado sobre um tablado que, a qualquer momento, se abriria para uma queda ainda maior.

Eu tinha meus próprios segredos, afinal. A verdade sobre a arma que guardava na parte de cima do guarda-roupa e outro, que se consumara recentemente. Se Roberto buscava novas formas de excitação, por que, ao invés de reprimi-lo, eu não transferia essa procura para um território onde eu poderia marcar seus passos e acompanhá-lo?

Religuei a tevê e reproduzi a fita, encarando a cena em que homens transpassavam outros homens, de modo a absorver toda a sua toxicidade e transformar a sensação nociva em vício, a exemplo do que fiz com o Marlboro espetado nos meus lábios pelo torturador. Ainda no exílio, eu percebi que era capaz de adoecer caso pensasse fortemente sobre o que fizeram comigo na cadeia, mas também que poderia adestrar o horror se aceitasse que agora ele fazia parte da minha natureza.

Eu tinha de convencer Roberto a se interessar por essas festas em que casais se encontram, porém precisava antes dos ingressos. E, para obtê-los, acabei me valendo de um método desleal.

Depois de algumas semanas na cadeia, aprendi que a tortura mais eficaz não é necessariamente a física ou a sexual. Derrubar o seu psicológico é uma tática poderosa para arrancar um depoimento sem precisar se valer de drogas dissociativas ou do choque. De uma hora para outra, eles te tiravam do isolamento e te enfiavam numa cela lotada de novatos; estudantes, mocinhas que acabaram de ser presas, despidas, e estão apavoradas. Há, então, uma troca automática de carência: elas querem saber o que vai acontecer, e você, depois de tanto tempo exilado, quer saber o que acontece no mundo do lado de fora. É irracional, uma urgência incontida. Você pergunta sobre o país, sobre a repressão, sobre companheiros, sobre lideranças, e elas, em pânico, respondem tudo. Daí os agentes voltam e te arrastam para uma sala de interrogatório. Contam que a cela está equipada com microfones potentes, capazes de captar até os cochichos. Que gravaram o que conversaram, que sabem de tudo, e começam a jogar nomes e palavras que rodeiam o papo que você acabou de ter. Mentira, claro. Mas você está tão fragilizado que é difícil segurar, não enlouquecer. Sei de muitos companheiros que caíram nessa.

Foi dessa forma que interpelei o Olavo. Agendei um horário de maneira anônima e, logo que entrei no consultório, falei que sabia de tudo: dos encontros, do troca-troca, da convocação da Mirtinha e do Alfredo. Ele me encarou, aturdido, durante alguns segundos. Depois girou o bloco de receitas no meu sentido, me entregou uma caneta e disse para eu anotar o endereço da minha caixa postal. Saí da sala sem qualquer resíduo de culpa. Eu já a tinha incorporado à minha natureza. Com Roberto, o convencimento foi em doses homeopáticas, por meio de insistência e insinuação.

Meses depois, encontrei, na caixa postal, um bilhete datilografado com endereço, data, horário e uma sequência de números. Hoje, avaliando o que aconteceu, percebo que os momentos decisivos, ao contrário do que muitos pensam, não se concentram em fatos atordoantes, mas estão diluídos em pequenos acontecimentos recheados de banalidade. Ainda que não soubéssemos disso, nossas vidas seriam rachadas a partir daquela festinha boba oferecida pelo Olavo e pela Ângela, em que nos envolvíamos por descontração. Ali, tomada pelo efeito ingênuo do álcool, eu começava a chocar o ovo da serpente.

Não é simples, para uma mulher que compartilha intimidade com o mesmo homem há quase vinte anos, ser tocada por outro, se deixar invadir por outro perfume, outro suor, outro hálito. O corpo reage, se contrai, treme. A cabeça se atrapalha num misto de arrependimento e embaraço. Mas eu não poderia fraquejar naquele momento. Afinal de contas, a vontade tinha sido minha, fui eu quem insistiu e conseguiu os ingressos.

Quando chegamos ao local, havia uma porta de ferro, na qual estava soldado um teclado analógico. Eu estava tensa, mas não deixava isso à mostra. Roberto sorria e, meio constrangido, fazia uns movimentos engraçados de sobrancelha. Naquela época, ele havia deixado a barba e o cabelo ganharem volume e estava a cara do Tunai. Era um homem interessante. O passar dos anos e o cuidado com a forma tinham lhe proporcionado uma masculinidade curtida.

Depois de atravessar a porta, era preciso passar por um ritual. Colocava-se toda a roupa dentro de armários e se cobria com uma única toalha. A toalha era uma espécie de passe: quem a tirasse, tornava-se imediatamente acessível. Vestimos umas máscaras pretas tipo a do Zorro e avançamos por um corredor banhado por uma textura submarina.

Havia um bar improvisado adiante. Roberto pegou dois drinques e nos acomodamos numa mesa iluminada por um facho vermelho que emergia do assoalho. Toda a iluminação do ambiente era propositadamente precária. À parte as lâmpadas tubulares que faziam do bar uma ilha alcalina, constelações de luz néon demarcavam a superfície do teto. Algumas disparavam raios de laser.

Aquela primeira parte da casa funcionava como uma discoteca e um espaço de socialização. Acendi um cigarro e fiquei observando o trânsito. Homens e mulheres na meia-idade, bem vestidos e com bom gosto para bebidas. Não se relacionavam de qualquer forma que denunciasse suas reais intenções. Bebiam, conversavam, dançavam. Todos relaxavam ou se preparavam para entrar na sala escura, que era onde acontecia o troca-troca, a suruba, o bacanal. Um espaço ocupado por um acolchoado de veludo, bombardeado por flashes incandescentes que possibilitavam visualizar, em intervalos regulares, o que se estava praticando ali dentro.

Terminei meu cigarro e disse vamos? Roberto pegou a minha mão e seguimos em frente. Abeiramos a entrada e, assumindo a postura de voyeurs, observamos o volume movediço de corpos, torsos e membros lustrosos que se encavalavam, trocavam de posição sob o efeito de claro-escuro atordoante que fazia daquele cenário a exposição de uma criatura de compleição variada. Corria uma eletricidade irresistível do empenho convoluto daqueles homens e mulheres, gordos, magros, altos, baixos, calvos, grisalhos, peitos enormes, caídos, gemendo alto, com a boca cheia, de quatro, de pernas abertas, trepados de modo a extrair e a oferecer prazer de maneira cega, desinibida, selvagem e libertária. Era uma cena excitante e hipnótica, um dínamo de sensações lascivas que, intencionalmente ou não, moveu Roberto contra o meu corpo. Pude sentir que seu pau havia escapulido da saia da toalha e estava duro e inquieto. Ainda de lado, estiquei a mão e comecei a masturbá-lo. Roberto não aguentou e, com brusquidão, me empurrou para dentro da sala e, afastando o tecido, me penetrou a seco. Eu gritei e cravei as unhas nos meus próprios joelhos enquanto ele me fodia por trás.

Não havia retidão em seu ato, pois não havia em parte alguma. Animais não racionam o sexo. Suas patas de bicho torciam meu quadril, mantendo a coluna num arco, enquanto ia e voltava agressivamente contra a minha bunda. Era uma sensação mais de dor que de prazer, porém vê-lo desgovernado, demonstrando um tesão genuíno outra vez pelo meu corpo, me elevava a um grau de excitação onde não estivera há muito tempo.

De repente, ele sentiu que iria gozar e saiu de dentro de mim, me empurrando para baixo para melar a minha boca. O gesto violento me tirou do eixo e acabei caindo rápido demais, o que fez com que a toalha se soltasse na descida. A meia altura, Roberto procurou minha cabeça para fazer mira, mas a mão varreu o vazio. Antes que pudesse acolher o jato, fui puxada com força para a escuridão de mil braços, onde me penetraram de inomináveis formas.

Horas depois, nos reencontramos no bar. Roberto estava sentado na mesma mesa, tomando um drinque. Pedi o mesmo. Ficamos assim, ombreados, bebendo em silêncio, até que, num movimento espontâneo, nos entreolhamos e caímos na gargalhada. Estávamos intoxicados pela novidade, algo legítimo capaz de nos aproximar outra vez por ser um segredo nosso, um refresco para o casamento. Depois de anos de militância e guerrilha, eu voltava para a clandestinidade, e agora Roberto estava comigo, armando planos para voltarmos ao clube, falsificando compromissos, agindo na surdina de modo a saciarmos aquele desejo de alegria que nos dávamos mutuamente.

Passamos a orientar nossos dias pela próxima vez. Uma angústia indesmontável que ia à porta quando Roberto chegava desanimado em casa ou nas idas sem sucesso à agência postal. O tempo e o medo nos atacavam de modo infantil, sem o horror que nos mastigara durante todo o período de internação de Karla, mas na condição de algo que queríamos muito ter e, por não conseguirmos quando queríamos, tínhamos a sensação de que iria acabar para sempre. Não podia. Queríamos muito.

Quando eu vivia na clandestinidade, muitas vezes isolada num aparelho esperando o ponto, uma das piores sensações era a carência do outro. Ouvir uma voz que não fosse a mesma gritando na sua cabeça, tocar em uma pele que tivesse o cheiro de outra pessoa. Nos tornamos carentes desses outros, diferentes do homem e da mulher que faziam o papel apático de pai e mãe na mesa de jantar, do homem e da mulher que nunca tinham saído da sala escura. O caso é que esse encontro com o outro dependia de um ponto imprevisto, de um despertar distante e temível que permitiria acessarmos aquilo que nos empolgou de modo tão esmagador naquele primeiro momento.

Então conhecemos Raul e Gioconda, e eles possibilitaram nosso ingresso no Templo. Deixamos de estar sujeitos a convites inesperados e começamos a fazer parte de um grupo fechado de casais que se encontravam regularmente para explorar formas inimagináveis de se obter prazer. Eram sessões de total desbunde, um espaço livre no qual se venerava um estilo de vida libertino e alternativo ao posto social que cada um ocupava, a perda intencional do autodomínio sob o efeito do desejo, do desconhecido.

Assistir o homem com quem você trepa há décadas na condição de passivo é transformador para um relacionamento. Foi no Templo que tive meu primeiro orgasmo verdadeiro. Nas histórias de alcova, se perpetua a ideia de que o sexo entre mulheres envolve línguas nervosas, mãos e dedos perfurando orifícios, revirando a pele do avesso em paredes rosas esfoladas com consolos de borracha. Um equívoco. O sexo entre mulheres é uma combinação de toques macios, afagos, beijos e sopros suaves, desatando o corpo numa liquidez sensorial que nem a Doris Lessing seria capaz de descrever.

No Templo, renascemos. Superamos o distanciamento, o cansaço da vida de pai e mãe, reaprendemos a nos querer através de outros, de muitos. Por isso, íamos aonde nos apontassem, a todo custo desimpedidos de qualquer ameaça de ponderação. Agindo feito animais, agindo com animais. E aí Deus, aquele que você pensou ter vencido lá atrás, te aponta o dedo implacável e desfere a Sua vingança. E se alguém tivesse que pagar por termos ido tão fundo, que fosse eu. Afinal, eu era a autora dessa parte da história.

A história em que estamos começa com uma tosse. Uma tosse resistente, que não seria anormal para uma fumante convicta. Eu levantava no meio da noite, bebia um copo d'água e voltava a dormir. Pela manhã, acendia o primeiro cigarro, tossia, bebia um copo d'água, levava a Karla no colégio e ia dar aula. Uma rotina que durou meses.

Um dia, acordei com sons no quarto. Era Roberto correndo os trilhos das gavetas do guarda-roupa. Sua camisa tinha um desenho oval de suor nas costas. Perguntei se ele tinha feito cooper. Respondeu que sim, que havia me chamado, mas eu tinha resistido. Tentei me levantar e fiquei nauseada. Falei que não me sentia bem. Ele tocou no meu rosto e disse que eu estava queimando em febre. Pegou um antitérmico. Voltei a dormir e só acordei no dia seguinte.

A febre se tornou frequente. Trinta e sete e meio, trinta e oito graus. Como me sentia disposta, dava continuidade às tarefas domésticas e às do trabalho. Às vezes, íamos ao cinema. Comíamos uma pizza depois do balé da Karla, na sexta à noite. Eu também não perdia os encontros no Templo. Se não se importaram com minhas cicatrizes, por que o fariam com a minha temperatura? Até que tive uma convulsão na universidade. A tosse se agravou durante uma aula e eu não conseguia controlar minha respiração. Uma crise violenta que me obstruía o peito, e fui desabando até desfalecer. Discaram para a agência e o Roberto foi me buscar na enfermaria do Antônio Pedro. Na volta para casa, cruzávamos a ponte Rio-Niterói quando ele quebrou o silêncio e disse que eu precisava ir ao médico. Que, seu eu autorizasse, ele telefonaria naquela noite mesmo para o Olavo. Não preciso de médico, retruquei, isso é só uma virose boba. Logo passa.

Tirei uns dias de licença. Roberto passou a levar Karla ao colégio e ela voltava de carona com a mãe de um colega. Eu descansava nesses entretempos. Dormia ou me sentia fraca demais para tentar não dormir. Sozinha na casa, comecei a sentir o quanto estava debilitada, o quanto os meus ossos começavam a ficar mais visíveis. Tufos de cabelo se aninhavam na boca do ralo após o banho. O mesmo acontecia sobre a bancada do banheiro, quando me penteava em frente ao espelho. Foi ali que notei a pequena lesão no pescoço, bem embaixo da orelha esquerda. Parecia uma pinta. Arredondada, carnosa e púrpura. Depois disso marquei uma consulta na Clínica São Vicente, na Gávea. Lembro que usei boné naquele dia. Nunca tinha usado boné antes. O doutor Abdon Issa, que me atendeu, examinou meu corpo e solicitou uma bateria de exames, mas não quis adiantar nenhum diagnóstico. Recomendou apenas cuidado com a alimentação e que eu mantivesse o repouso. Uma semana depois, telefonaram da clínica pedindo que retornasse. Entrei no consultório do doutor Issa, que, segurando um maço de papéis, me cumprimentou e indicou a cadeira em frente. Visivelmente desconfortável, ele respirou fundo e disse me perdoe por trazer essa notícia, mas você foi tocada pela aids.

Eu não consegui processar aquelas palavras. Tudo em volta girava e pendia, meu estômago ficava dando voltas. O médico tentou acrescentar alguma coisa, mas eu estava atordoada feito alguém que recebe um golpe inesperado e violento na cabeça. Não consegui chorar. Simplesmente me levantei e saí. No caminho de casa, no fundo do táxi, apenas pensava comigo por quê? Tinha passado pela tortura, pelo exílio, quase perdi minha filha para um câncer e agora aids?! Por quê?

Não telefonei para o Roberto. Segui com o roteiro do dia até Karla finalmente dormir. Quando ele chegou, eu estava sentada na ponta do colchão, imóvel, no quarto iluminado pelas luzes intrusas que se derramavam da janela aberta, tingindo as cortinas em asas de cetim. Apoiava a arma sobre o meu colo.

Entre a primeira e a segunda vez com o Roberto, houve o Fernando. A guerrilha é barra pesada, uma tensão incessante, e não custa para se estabelecer afetos entre companheiros. Fernando era respeitado. Vinha de grêmio estudantil, armava passeata, imprimia propaganda. Nos relacionamos, fazíamos ações de banco juntos e trepávamos depois. Firmamos, então, um pacto de morte: em qualquer circunstância em que pudéssemos ser presos, quem tivesse com a arma matava o outro e depois se suicidava.

Algumas semanas depois, eu fui ao encontro de um companheiro na Ataulfo Alves que tinha faltado a dois pontos seguidos. O ponto era Fernando. Acho que ele sabia que estava sendo vigiado, mas, talvez pela vontade de nos vermos, decidiu aparecer. Estacionou ao lado da General Osório e, de repente, começou um tiroteio. Os agentes estavam em maior número. Tiros de metralhadora; o carro logo virou uma peneira. Porém, ao invés cumprir o pacto, comecei a atirar de volta. Foi quando Fernando arrancou a arma da minha mão e disparou contra o próprio ouvido. A poça de sangue escorreu por entre as rodas. Como não mais reagíamos, os agentes pensaram que tinham executado os dois. Aproveitei a trégua, peguei a arma da mão dele e fui me arrastando até o interior da praça, onde desapareci. Sabe-se lá como, machuquei apenas a ponta do dedo mindinho.

Essa é a verdade sobre a arma que, naquele quarto sem luz própria, Roberto encarava em cima das minhas pernas. Ele sentou ao meu lado. Por que está segurando a arma?, me perguntou. Contei sobre a consulta com o doutor Issa, sobre o resultado do exame de sangue. As cortinas imitavam fantasmas à nossa frente. Você acha que, depois de tudo o que passou, a Karla merece isso?, perguntou. Talvez alguém mereça, respondi. Talvez devêssemos resistir, ele propôs.

Pode parecer piração da minha cabeça, mas depois que eu soube que era aidética, minha saúde entrou em colapso. Passei a ser acompanhada pelo doutor Issa, que me prescreveu vitaminas e antibióticos, além de boa alimentação e hábitos saudáveis. Nunca fui de comer mal, mas tampouco pensei em parar de fumar. Por mais de vinte anos, a primeira coisa que fazia, ao sair da cama, era acender um cigarro. Como iria dar fim ao ritual de uma hora para outra? Não se tratava somente do costume, eu realmente desfrutava do fumo, era um momento de puro prazer, de alegria; um hábito saudável para mim, portanto. Afinal, o alerta que todos dão para alguém parar de fumar é que o cigarro mata. Mas o cigarro não iria me matar, não é mesmo?

A gravidade da doença mudou a rotina de todos na casa, ainda que me afligisse a dependência. Roberto diminuiu sua participação na agência para ficar mais conosco, auxiliando Karla nas tarefas básicas e nos deveres de aula. Decidimos mantê-la protegida da notícia. Embora percebesse que eu estava doente, ela não sabia que a mãe estava condenada. Me licenciei da universidade por tempo indeterminado. Através de Roberto, soube que Raul e Gioconda insistiam em nos visitar, mas não queria que ela me visse naquele estado. Os cabelos ralos, o rosto encovado, os braços ossudos. A lesão no pescoço eu cobria com maquiagem. Me sentia definhando. Tinha dias em que não contava com ânimo para levantar da cama. A febre e a tosse sempre presentes. Determinei que iria dormir sozinha no quarto. Também tinha meus próprios talheres, prato, copo e toalha.

Às vésperas do Natal de 91, tive de ser internada com urgência na Clínica São Vicente. Uma gripe forte disparou um quadro de febre alta e delírios noturnos. Fiquei em tratamento durante duas semanas, com superdoses de antibióticos para controlar o que se achava ser uma pneumonia, porém a febre seguia inabalável. O doutor Issa chamou Roberto e avisou que tinha esgotado todas as possibilidades de combate farmacológico, que os antibióticos disponíveis no Brasil não surtiam efeito. Aconselhou buscarmos ajuda nos Estados Unidos, no New England Medical Center, em Boston. Nos hospedamos num hotel próximo ao hospital. Roberto tinha agendado a consulta com o doutor Shelton para o dia seguinte. Também tinha telefonado para a irmã, que saíra de Niterói para morar na Philadelphia em busca de melhor educação para os filhos, segundo a história oficial, e que iria abrigar Karla durante o tratamento. Eu não disse que estava com aids, e sim com uma metástase pulmonar. Acho que ela suspeitou que eu mentia; o cumprimento à distância traduzia sua postura defensiva. Sempre a achei burguesa o bastante para não me importar com isso.

Vinte e quatro horas após a minha internação, a equipe médica identificou um fungo nos meus pulmões. A única maneira de combatê-lo era com um medicamento chamado anfotericina, cujas reações colaterais eram terríveis. Eu tinha violentas convulsões, socando e chutando tudo em volta, gritando em desespero. Não entendo uma frase em inglês, mas, por sorte, havia uma enfermeira que respondia aos meus pedidos de socorro em francês, tentando me controlar. Levei anos para exorcizar os indícios emocionais da tortura e, naquele momento, eu tinha um torturador dentro de mim. O único alento era que, enquanto me contorcia de dor, Karla estava protegida, brincando de boneca. Enquanto meu corpo sofria as consequências da batalha entre a droga e o organismo invasor, ela assista desenho animado.

Um outro efeito da anfotericina é causar lapsos de memória. Eu perdi totalmente a noção de dia e noite, de quem eram as pessoas em trajes de plástico que interagiam comigo. Dentro do CTI, ligada a tubos de respiração e flutuando em drogas pesadas, parecia que havia passado anos, quando de fato fiquei onze dias. A demora em reverter o quadro clínico levou o doutor Shelton a tentar uma medicação ainda fora do mercado, o fluconazole. Tive de assinar um termo de responsabilidade autorizando o tratamento. Duas pílulas, uma pela manhã e outra à noite, e uma espera de vinte e quatro horas. Foi o que, enfim, deteve a crise.

A temporada nos Estados Unidos gerou gastos monumentais. De volta à lucidez, eu decifrava a tensão nos olhos de Roberto a cada vez que ele entrava no quarto, segurando papéis manchados de carbono, sendo frequentemente acessado por funcionários do hospital, que lhe requisitavam uma assinatura ou comunicavam um telefonema. O confisco da poupança pelo Plano Collor tinha lhe obrigado a contratar empréstimos bancários, que se superdesvalorizavam ao serem convertidos para o dólar. O Diners havia estourado o limite. O último recurso foi apelar para o fundo financeiro da agência, contudo, havia os tetos de transação impostos pelo governo. Era como caminhar por um labirinto.

Foi nessa circunstância adversa que o doutor Shelton nos falou sobre o AZT, um remédio capaz de cessar a replicação do vírus e fortalecer o sistema imunológico. Havia, novamente, alguns poréns. Minha contagem de linfócitos se mantinha muito baixa, o que significava que a doença estava instalada. O uso regular do AZT, nesse caso, me daria uma sobrevida de seis meses, com sorte um ano. Outra questão era que não se fabricava a droga no Brasil, tornando a importação uma verdadeira fortuna. Roberto se inclinou sobre a cama e, com a voz embargada, prometeu que, logo que sua irmã voltasse com Karla, ele imploraria por dinheiro emprestado. Que venderia o carro e até a agência, se fosse preciso, mas que nunca desistiria de lutar pela minha vida, que nunca estaria conformado com a derrota.

Minha geração pegou em armas, foi presa, torturada e morta por defender um ideal. Lutamos inconsequentemente pelo fim da repressão, pela igualdade social, pelos direitos humanos. E, quando os militares finalmente caíram, tivemos de conviver com a decepção, com o fim da utopia, que se converteu no mal-estar de uma década perdida. O país afundado em dívidas, governado por coronéis que agora dominavam o povo através da fome, da pobreza, da falta de educação. Acabou o Muro, acabou a União Soviética. Cuba fenece.

Uma vez alguém me disse que o grande desafio da nova geração seria lidar com a liberdade. O da minha certamente é aceitar o fracasso.

Estiquei o braço e toquei o rosto úmido de Roberto. Apenas me leve de volta para casa, disse. Acabou.

Tive ainda alguns dias de disposição, acredito que por conta de uma reserva de saúde condicionada pelo tratamento em Boston. Cheguei a sair do quarto e passear pelos cômodos na companhia de Karla, uma espécie de despedida à casa que me reconhecia como parte sentimental do seu mecanismo, mas não demorou e outra doença oportunista se manifestou e, de novo febril, fui internada na Clínica São Vicente, depois transferida para o hospital do INAMPS.

Aqui estou, aqui vou morrer. É a certeza que tenho.

Nas manhãs claras, quando o céu ainda é uma massa cambiante de cores, a primeira luz do sol acerta a janela em frente à cama, e algo mágico acontece com o metal da esquadria, como se um dispositivo fosse acionado de repente e, do cinza frio, brotasse um dourado crescente, brotasse vida. Então é possível ouvir a escuridão escoar lentamente das paredes para dentro dos fossos, dando lugar aos vestígios da motricidade de iniciação. As primeiras vozes, o trânsito de pessoas pelos andares, os rangidos dos cabos dos elevadores e das máquinas de limpeza. Às vezes, se juntam a esse concerto de alcance interno acordes do dia que emerge do lado de fora em clarividência. Silvos de pássaros urbanos, uma buzina, um rádio que toca.

Tento me conectar a essa vivência para que eu mesma tenha forma, para que os traços que me definiam humana não conformem o atual repositório de micose, resfriado, febre, gripe, diarreia, pneumonia, sarcoma e encefalopatia, o herpes que me cegou um olho e tornou o outro uma captura de fantasmas.

Ouço o canto do dia que nasce ao redor para superar a voz que revive continuamente o passado na minha cabeça, para me abraçar a algo imune aos danos desta narração de perdas e derrotas, para me sintonizar a uma frequência fora deste quarto estéril e frio, um rádio invisível que toca.

De onde escorre esta música? Por que tudo ficou tão escuro de repente? Por que o dia se converteu em noite? Sinto alguém afastar a porta e se aproximar. Para rente à minha cama. Será a enfermeira afetuosa, que veio administrar os remédios com prontidão e o copinho d'água? Algum funcionário da limpeza atrasado para a coleta do lixo ou a troca dos lençóis? Que dia é hoje? Será Roberto ou Karla, no horário de visitas? Quem é você, estranho disfarçado de vulto? A música parece mais perto. Sinto esse alguém se dobrar sobre mim. Está afastando o lençol. Por que está tocando nas minhas roupas? Por que desliza os dedos na minha pele? O que você quer? Essa voz de rádio é sua? Por que está puxando o elástico da minha calcinha? Por que...

A princípio, é a intuição do outro, a suspeita da presença. É como se pudessem estar tão próximos a ponto de apenas os pelos se tocarem. A pele se contrai, atacada pela quentura alheia, um fantasma de sangue quente, uma mornidão impalpável. Tudo está sob o lençol. Uma malha fina entranhada do cheiro dos fortes desinfetantes. Um corpo se acomoda ali, o outro ainda não existe. Fica a desconfiança, a tentativa de desvendar o mistério sem saber de fato se ele existe. Tudo pode ser sentido, nada pode ser sentido. O corpo se distende e se contrai, sem compreender se precisa se defender ou se entregar. A presença paira sem o peso determinado.

Então acontece. Um encontro levado com brusquidão, um tipo de ataque repentino. Dois corpos se remontam, lutando para defender o próprio domínio. Rodopiam sobre si, revezando-se de posição, até se aquietarem emparelhados de lado. Um de frente para o outro. Se veem, mas não se identificam. Ficam parados, recobrando o fôlego, e, nesse gesto de trégua, o hálito contido na cápsula de pano se encorpa no descompasso das respirações. Vira algo tóxico, insidioso, sufocante. Os braços reagem, debatendo-se contra a malha. Querem fugir e, entre movimentos embrutecidos, acabam se tocando. Descobrem territórios comuns, porém inexplorados. Superfícies tenras e ligeiramente úmidas que se eriçam à medida que a extensão vai sendo, palmo a palmo, compelida, acalorando-se nas descobertas de vales e depressões, covas viscosas e latejantes, suspiros. O contato se intensifica às pressas e, entorpecidos pelo ar confinado, os gestos se rebelam contra a barreira entre os corpos, atacando novamente um ao outro, dessa vez por atração, para pôr à prova a resistência dos orifícios. Braços atando braços, coxas lambendo coxas, movimentos singulares e moldes de encaixe. O mundo ensacado passa a ser regido por uma força descomedida que pressiona e impele que se penetrem cada vez mais fundo, de modo que o esmagamento acaba por os tornarem um. Duas vontades num único corpo. Um jeito exclusivo de compactuar todas as formas de prazer.

O novo corpo é um útero, um invólucro encharcado onde se elevam a voz que narra e a de uma mulher, de quem se empresta a compleição. Essa mulher se chama Mulher. Ela se toca remansosamente, disparando uma rede de pequenas sensações ao longo do gesto, compartilhadas de maneira igual pelas metades originais, pois se trata de um pacto acima de tudo. Apesar de não ser íntima dos aspectos femininos, a voz que narra sente as pontas preguiçosas dos dedos deslizarem sobre a pele, margearem o colo e rodearem a auréola, instigando o mamilo a endurecer. O excitamento é mútuo. Os arrepios, as palpitações, os tremores. A mulher dirige pelos flancos uma carícia que segue em diagonal até o umbigo para alcançar a pélvis distendida e o desenho triangular dos pelos pubianos, a indicação de uma região consumida por abrasamento. Elas se tocam e varões eletrificados disparam coxas abaixo, um circuito de nervuras expostas, um órgão dilatado que pulsa descomedidamente. O núcleo é a concha, a liga, o dispositivo de comunhão. A mulher se toca, e as pontas dos dedos se melam, comprometendo a passagem, que extravasa um líquido denso e viscoso, um magma que irrompe do centro sobre a fenda, os lábios grossos. Os arrepios se intensificam, ela vasculha a concha. Os dedos inteiros invadem a fundura, varrem as paredes babadas, uma e mais uma vez. A concha reage e se contrai, a concha está viva e suga os dedos. Os movimentos se tornam mais violentos. Os dedos se atropelam, alargando a abertura, a proa da concha indo e vindo sob a atribulação de manejos frenéticos, febris. A baba se espalha ao largo dos lábios que intumescem no enraivecido da fricção mecânica, molhando a pélvis e as coxas, uma caixa que concentra um fluxo selvagem prestes a romper sua conformação. Uma voragem, um enxame de espasmos, um jorro potente que escorre...

A música para.

O quarto se inunda de sombras, de gritos de ontem e de hoje. O quarto é de novo o corpo estéril e frio. Gioconda, para onde você foi? Para onde foram todos? São fantasmas que vivem dentro do fantasma que sou. A história, para mim, acaba aqui. Acaba para sempre. Deixa eu segurar a sua mão. Você tem um cigarro?

CAPÍTULO IV

Meu pai permanece sentado na ponta da mesa, de cabeça baixa, encarando o prato intocado. Nele há legumes cozidos, um pedaço de carne e arroz, mas isso não importa. Não importa qual seja a refeição do dia, meu pai sempre está de cabeça baixa, encarando o prato servido e intocado. Só depois que o tempo lhe mostra que a comida não vai desaparecer por própria vontade é que ele se levanta e, com o rosto liso, sem aspecto, recolhe o prato e o leva para a cozinha. Em seguida, pega os talheres e os copos. Vai e volta, arrastando os chinelos de borracha, sem ânimo, recolhendo a louça que separou para mim e eu não usei. Raspa os restos para a boca da lixeira ao lado da pia, guarda as sobras na geladeira e abre a bica. Veste o avental e começa a lavar a louça, mas não termina. Deixa a água escorrendo e caminha até o basculante, encarando, com olhos apertados, a luz do dia que se infiltra pelas cortinas de plástico, amarelenta, fraca, impotente.

Eu não me sento mais à mesa para as refeições. Não posso e não devo mais tentar corromper a cena. Não estou nela. Sou uma moradora ausente, um fantasma aprisionado no pequeno apartamento cercado pela memória contida em livros, pequenos objetos sentimentais e fotografias emolduradas de pessoas mortas, momentos congelados em preto e branco. Sentada no braço do sofá, em frente ao limiar que separa os cômodos, apenas observo o teatro sórdido e, ao final, o homem que chora diante de uma luz encardida que lhe deforma o rosto. O que há de errado com ele?

Toco a cicatriz na nuca. A pele dura, saliente. Não consigo encontrar explicação para a atitude de um homem que viveu o que vivemos, que passou o que passamos, que, em meio a tragédias, perdas e desesperança, assumiu responsabilidades, enfrentando o inferno. O que aconteceu? Meu pai era um homem resistente, com vícios masculinos e brio. Agora é um homem triste, e só. Alguém que parece ter se perdido da própria sombra.

Onde está o dono da agência que criou algumas das mais criativas propagandas para a tevê? Aquele que aparecia nas colunas sociais ao lado de atores e de bandas de rock? O pai que eu tinha como herói, que estava sempre disposto a realizar meus sonhos, que me levou para a Disneylândia, que me colocou no especial de tevê da Turma do Balão Mágico e que fez com que a Xuxa terminasse o programa me levando na nave espacial, onde ele foi parar?

No mundo, há três tipos de homens: os que chamam, os que são chamados e os esquecidos. Meu pai faz parte dessa última categoria agora. A pior delas.

Saio de casa. Não suporto mais assistir essa mesma cena vulgar cercada de segredos inconfessáveis e decepções.

Faz um dia sujo. O céu está baixo, crespo de nuvens infiltradas por uma luminosidade febril, minando gotas que parecem um óleo morno. As ruas vazias reprisam micropoças devido à pouca circulação de veículos. Pessoas transitam sem pressa, impropriamente agasalhadas, algumas protegidas por guarda-chuva. Nenhum rosto me conhece.

Faço concha com a mão e acendo um beck. Ando sem rumo, circulando pelo bairro feio ao qual não quero pertencer. Numa marcha errante, vou deixando para trás prédios, terrenos baldios e estabelecimentos, sem frequência ou interesse. Aprecio o nada; apenas sigo, retendo a fumaça santa na caixola.

Chego ao fliperama. Paro na entrada, debaixo do luminoso de uma propaganda de Hollywood. Todas as máquinas estão ligadas, piscando séries de números na barra do gabinete e repetindo GAME OVER de modo contínuo, mas o interior está zoado. Um tiozão tenta a sorte na máquina de pinball enquanto dois moleques se acotovelam ainda na primeira fase de Capitão Comando. Um garoto cabeludo, usando camisa de flanela, jeans rasgado e All Star preto, estapeia os botões coloridos de Street Fighter, escutando música num discman e sacudindo a cabeça. Eu conheci alguém como ele. Não sinto vontade de entrar.

Atravesso a rua e começo a caminhar numa avenida de casas antigas e separadas por muros com cacos de vidro no topo, onde funcionava uma fábrica de tecido que pegou fogo e agora é um monumento à pichação. Os tapumes violetas que selam a entrada foram abertos em frestas. Um mendigo aproveitou a cabeça de dois pregos e amarrou tiras de barbante que sustentam uma lona sobre a caixa de papelão que lhe serve de abrigo. Está sentado, o corpo protegido por farrapos de várias peças de roupa masculina e feminina, os pés vestidos com sacos plásticos. Quando me aproximo, ele me pede um trocado para comer. Meto a mão no bolso do macacão. Tenho mais do que preciso e dou uma nota para ele, embora saiba que vai gastar com pinga. Não me importo. Ele não me agradece.

Na esquina seguinte fica a escola em que meu pai me matriculou quando nos mudamos para cá. Não vou mais. Quando comecei a matar aula, a diretora ligou para ele e chamou ao seu gabinete para conversar sobre o meu comportamento. Ele não foi e eu deixei de ir. Não que eu não goste da escola, apenas não vou mais.

É troca de turno. O portão de entrada está tumultuado com a movimentação dos alunos uniformizados que chegam e que partem, controlados pelo inspetor. Alguns adultos se juntam ao grupo. Pais, avós, empregadas empunhando guarda-chuvas, capas. De um carro que acaba de estacionar desce uma mulher puxando um cachorrinho na coleira, seguida por uma menina ruiva. Ela segura uma lancheira do Baby Sauro. Mais à frente, encontra uma coleguinha de classe, que está protegida por uma capa transparente. As meninas trocam algumas palavras e sorrisos. Depois, a ruivinha que saiu do carro se abaixa, dá um beijo no cachorrinho e, de mãos dadas, as meninas cruzam o portão.

A cena desperta em mim uma série de memórias. Sei aonde devo ir.

Aperto o passo rumo à praça. A chuva aumenta, mas ainda não passa de pingos esparsos, conta-gotas de um clima constipado, modorrento. Termino o beck. Desço a rua e cruzo o arco gradeado da entrada, disparando pelo largo vazio em direção ao conjunto de árvores cheias, que soltam umas frutinhas que não se come. Geralmente os moleques zoados de cola se abrigam embaixo das copas, onde é mais fresco, mas não há sombras hoje, nem sol. Não venta, ninguém está ali.

Contorno a quadra de cimento e checo o coreto, vazio. A praça está praticamente vazia. Sem crianças e suas babás, sem velhos no carteado. Os balanços coloridos estão imóveis, os bancos de concreto desocupados. Apenas dois zumbis observam o chafariz sem uso, com os azulejos pintados por línguas marrons de lodo.

Tenho de pensar em como sair, a brisa está forte. Encontro o portão do lado oposto, contorno a praça e começo a refazer o caminho. Deixo um quarteirão para trás, atenta a cada viela, beco e esquina. Memorizando o espaço para chegar onde quero. Na outra margem da rua, enquanto aguardo o sinal fechar, vejo o mendigo para quem dei a nota. Ele empurra um carrinho de supermercado entulhado de tralhas até a porta de um boteco, onde entra para ser enxotado. Um cachorro se aproxima e deita sobre a bainha de um cobertor imundo que vaza pela grade quebrada do carrinho. É um vira-lata amarelo, com o desenho cinzento das costelas sob a pele e o rabo fino, despelado por alguma doença. Desisto de atravessar a rua. Finalmente me dou conta de onde estou. A larica bate e sigo até um mercadinho.

Ao lado da porta de entrada, gôndolas feitas de tábuas cruas e pintadas com o mesmo verde desbotado que colore a fachada expõem verduras, legumes e frutas passadas. Meia dúzia de pessoas já enche o lugar. Passo por um freezer da Yopa e vou até o fundo, onde pego, de dentro de um cesto, um saco de Skiny. Só há um caixa, ocupado por uma garota feia e cheia de espinhas vestindo uma camisa do Pantera sob um avental com o nome do estabelecimento. Ela passa as compras de uma mulher que ora observa o preço no visor da registradora, ora olha para baixo. Sigo o seu jogo e vejo um moleque com o rosto lambuzado de chocolate. Ele devora um tubo de biscoitos recheados e, no momento em que acabam, abre o berreiro. A mãe se assusta, mas logo percebe o que aconteceu. Abre a bolsa e tira uma toalhinha. Ela se agacha na frente dele, sussurra algumas coisas e lhe dá um beijo na testa. O menino engole o choro em soluços. Ela dobra a toalhinha e termina de limpá-lo. Em seguida, levanta-se, abre uma das sacolas de compra e puxa um outro tubo do mesmo biscoito recheado. Entrega ao menino, que rasga a embalagem com os dentes e volta a comer feito um débil mental. O menino sabe que está protegido e, com a boca entupida de massa de chocolate, fica controlado. Sinto uma cutucada no ombro. Um cara atrás de mim, vestindo a camisa do Brasil tetracampeão, pergunta se estou dormindo. A garota feia me encara com cara feia. Sou a próxima.

Inclino o rosto para entupir a boca com as conchinhas de milho e, no movimento, uma gota inoportuna me acerta a garganta. Tem um gosto salobro. O céu agora se abre em pequenos buracos prateados, uma intenção de coisa ruim. Retorno ao local onde avistei o cachorro amarelo; ali fica a parada de ônibus.

    O ponto está vazio, assim como o ônibus onde embarco. Com as ruas quase sem tráfego, calculo que a viagem será rápida, de modo que decido me sentar no fundo, perto da saída. Duas paradas depois, sobem mais passageiros. Me atenho ao assento onde estão uma mulher e um menino, mais à frente, à minha esquerda. Parecem ser mãe e filho. O menino está no lado do corredor, usando um conjunto de moletom e tênis com solado de borracha. Apoia um livro aberto sobre os joelhos, que a mulher lê para ele. Os dois estão com os corpos colados. Ela o envolve com um braço sobre o pescoço e os ombros. Lê, ergue a cabeça, aponta alguma coisa na página exposta, cutuca ele, os dois riem. O menino balança as pernas, entusiasmado, vira página atrás de página. Subimos a ponte Rio-Niterói.

    O ônibus diminui a velocidade por conta da pista escorregadia, oferecendo a chance de contemplar a composição de navios sobre a água escura da Baía de Guanabara. Todos os passageiros assistem a travessia colados à janela, exceto a mãe e o filho. Me dou conta de que eles não estão mais no ônibus, que a mulher abriu uma porta para outro universo e o convidou a entrar. O menino confia nela, sabe que está protegido, e aceitou. Eles estão, portanto, num local só deles, alheios ao ônibus, à imensidão do mar, a mim. O menino vira mais uma página, olha para a mulher que toca a ponta do seu nariz e sorri. O menino também sorri. Os dois se abraçam sobre o livro aberto. Quando se soltam, ela continua o tocando, acaricia a sua nuca, penetrando as pontas dos dedos por entre seus cabelos aparados em movimentos circulares. Acompanho a regência da mão, as unhas pintadas de vermelho, o carinho irrefletido. Então, um homem vestido de branco, com uma barba volumosa e voz de barítono, dá um grito pedindo para o motorista parar o ônibus, pois tinha cochilado e passado muito do ponto. Desvio os olhos da cena, ou a próxima a perder o momento de desembarque serei eu.

Eu não vou ao cemitério para ficar sozinha, desfrutar do silêncio, encontrar paz interior ou qualquer bobagem dramática do tipo. Eu vou ao cemitério porque minha mãe está enterrada ali, quadra 18, rua 6. Ela morreu quando eu tinha doze anos. Meu pai me disse que foi devido a complicações decorrentes de câncer de pulmão, da mancira quc isso pode ser explicado para uma criança. Ele estava de terno e havia feito a barba, pois eu sentia a fragrância da loção mentolada, o primeiro cheiro daquela manhã clara de outono, sentada na beirada da minha cama com ele ao lado. Meu pai me acordou e disse que a minha mãe havia morrido.

    O nome dela era Lúcia, mas alguns amigos a chamavam de Vera, um codinome da época de militância política. No granito escuro da lápide, talhado em letras douradas, está escrito LÚCIA CRISTINA MAGALHÃES HOFFMAN acima das datas de nascimento e de morte. Tem ainda uma foto em preto e branco do seu rosto incrustada em vidro, contornada por uma moldura circular cintilante. Minha mãe tinha pele clara, cabelos pretos compridos e lisos, olhos castanhos, seios pequenos, ancas largas. Apesar de miúda, trazia na pele as marcas da valentia por ter lutado contra a ditadura militar. Falava desse tempo com orgulho, falava da importância de defender a liberdade e os direitos humanos. Quando morreu, não usava maquiagem fazia algum tempo. Seu corpo estava sugado, sem carne, apenas pele e osso. Um cadáver que gemia.

Sobre a lápide escura curva-se a escultura de um anjo de asas abertas, com o torso e as penas de pedra manchados pela ação do tempo. De alguma forma, quando conversava com a minha mãe, conversava com ele. Agora não converso mais. Não há nada de bom em mim para ser dito para ela ou para o anjo. Apenas fico aqui o quanto me baste, olhando para aquele retrato que não decifra o mapa de lembranças de alguém tão pleno em mim que inevitavelmente se apaga a cada dia. Quando penso na minha mãe, penso na minha infância em nossa casa antiga. Talvez porque foi o último momento em que todos estivemos bem, em que me senti de fato feliz.

No estágio crítico da doença da minha mãe, viajamos para os Estados Unidos. A tia Nette nos aguardava no saguão do hotel e, dali mesmo, me levou para sua casa na Filadélfia. Foram quase duas semanas. Eu dormia num colchão inflável arrumado entre as camas dos meus dois primos. Cássio era o mais velho, estava na high school.

No Brasil, nunca tivemos muito contato, mesmo nas confraternizações em que a família se divide em grupos de crianças e de adultos, de modo que ele era um garoto qualquer para mim, assim como eu era uma garota qualquer para ele.

No primeiro dia, ainda na mesa de jantar, ele perguntou se eu gostava de música. Balancei a cabeça, afirmando o que me parecia óbvio, aí ele se levantou, contornou a cadeira pelas minhas costas e encaixou o arco de um fone de ouvido na minha cabeça. Estava plugado a um walkman e tocava *Smells like teen spirit*.

Cássio estava numa nova onda chamada grunge. Seus cabelos louros davam na altura dos ombros, vestia sempre camisa de flanela, jeans rasgado e All Star. Dizia que Kurt Cobain era o máximo e gravava fitas cassetes com faixas aleatórias dos discos do Nirvana. Também tinha umas VHS com trechos de shows, copiados da MTV. Quando ia para o colégio, ele deixava o walkman e as fitas comigo, ao lado do meu colchão. Depois me perguntava quais músicas eu tinha mais curtido, pegava o violão e me ensinava a cantar. Dizia que, quando o Nirvana tocasse na Filadélfia, ele iria com os amigos, e que seria uma pena eu não poder estar lá também.

Numa noite, eu me preparava para dormir quando Cássio esticou o pescoço e me chamou para ir à cama dele. Me acomodei de bruços no espaço estreito para dois, e ele colocou os fones nos meus ouvidos e disse escuta essa, é nova. Era gostoso ouvir música daquele jeito, embaixo do cobertor que conservava a mornidão dos nossos corpos, e eu fechava os olhos e sentia como se pudesse escapar de toda aquela tragédia que me arrastava junto, todo o horror que uma criança não consegue entender porque a palavra não tem peso.

Passei a dormir na cama de Cássio durante o resto da minha estadia, sem que meus tios soubessem ou que os sussurros acordassem seu irmão. Comprimidos um ao outro, construímos um cerco de descobertas e proteção que me livrou do medo de quem cruza um dia escuro sem a companhia dos pais. Um refúgio de calor à beira do sono, onde duas crianças se escondiam, eletrizadas pela música e pelo brilho que delineia os sonhos proibidos e as preocupações mais banais.

    Enquanto Kurt Cobain se picava, tendo o mundo aos seus pés e sem saber como lidar com isso, minha mãe estava ligada a tubos e inundada de medicamentos, num quarto estéril e frio, sabotando o sofrimento físico em prol de uma resistência materna que a impelia a viver mais para mim do que para ela. Por que então eu me importava com Kurt Cobain? Porque reinava em mim a estupidez infantil que nos salva da realidade, porque um filho não deve se preocupar com a saúde dos pais. A perda da inocência é uma forma da vida nos mostrar que tudo é um longo ensaio para um desfecho imprevisto. Nada mais importa sob essa perspectiva. Quando Kurt Cobain deu um tiro na própria cabeça, há um ano, eu me lembrei de Cássio, daquele momento que construímos, do calor daquele momento que teve um fim prematuro, entre tantos fins prematuros de uma narrativa sem ecos. Agora ele estuda engenharia espacial para descobrir um outro mundo, um novo céu, onde todos iremos morar em 2020.

Sentada diante do túmulo da minha mãe, vejo quando uma gota gorda explode contra o granito e se multiplica em outras menores, em vez de simplesmente aniquilar-se. As nuvens agora se avolumam em formato de explosões, agravando o tom do branco encardido para o chumbo. Dão a impressão de estarem prestes a desabar. Toco na foto incrustada na lápide e me despeço. Após quase três anos, ainda acredito que ela me responde.

    Volto pelo caminho principal, flanqueado por árvores frondosas que antecedem extensos campos geométricos de lajes, estelas e mausoléus, sobrevoados por anjos e santos de concreto. Um cenário monocromático suspenso na memória de quem ali deixou alguém que importa, ainda que, para muitos, seja insuportável a ideia de que aquele seja o lugar onde todos vamos acabar. Não me atemoriza a certeza. Vou ao cemitério sempre que posso, nos últimos anos, com mais vontade do que ir para casa, o apartamento cheio de vultos e solidão. É irônico como os homens tendem a construir fortalezas e castelos, mas todos acabamos apertados numa mesma caixa de madeira tampada. O caixão da minha mãe ficou tampado durante o velório, e algumas pessoas tinham receio de se aproximar dele. Eu não pude vê-la, dar um beijo de despedida. A última vez que vi minha mãe, ela estava com o corpo sugado e quase sem cabelos, retorcendo-se numa cama de hospital feito um inseto que não consegue vencer seu peso frágil.

Onze dias depois de desembarcarmos do trem na Filadélfia, a tia Nette me surpreendeu, anunciando que iríamos visitar a minha mãe. Preparei a mala e, antes de deixar o quarto, Cássio se aproximou e me entregou uma fita cassete escrito num dos lados HEART-SHAPED KARLA. Era um domingo.

    Quando entramos no quarto do hospital, meu pai me abraçou, informando que finalmente iríamos para casa. Houve uma leve algazarra prontamente censurada pela enfermeira de plantão. Minha mãe começou a chorar com a notícia, e eu apertei meu corpo contra o dela, sentindo o cheiro ferroso do iodo e da química do detergente impregnada nos lençóis, apesar da máscara de proteção cobrindo grande parte do meu rosto.

    Minha mãe saiu empurrada sobre uma cadeira de rodas que meu pai teve dificuldade em guardar no porta-malas do carro alugado. Seguimos direto para o aeroporto, em silêncio ou em suspensão, onde nos despedimos da tia Nette, que, desde que entramos no hospital, havia se engajado em manter distanciamento.

Assim que chegamos, minha mãe pediu que eu a levasse para uma volta pela casa. De alguma forma, ela parecia querer se reapresentar aos móveis e aos cômodos, restabelecer alguma ordem imaginária ou regravar as impressões da casa onde morava desde que nasci e a ausência fez questão de rarear. Em seguida, agradeceu a mim e ao meu pai, num pequeno discurso emocionado, e se recolheu no quarto de hóspedes que meu pai adaptou, no primeiro andar, para o seu tratamento.

Durante algumas semanas, minha mãe continuou a se locomover unicamente com a cadeira de rodas. Meu pai passou a chegar mais cedo do trabalho para lhe dar banho, trocar as camisolas, as roupas de cama, administrar os remédios e auxiliar nas refeições. Nesses momentos, eu era proibida de entrar no quarto. Todo o resto do dia, exceto o período em que estava no colégio, eu passava sentada na ponta da cama, ouvindo-a flutuar por recordações de outros tempos enquanto me afagava a cabeça com a mão ossuda.

A melhora foi lenta e incompleta, contaminada de uma apreensão suportada em estágios diferentes por todos na casa. No inverno, os sintomas da doença eram piores e, do meu quarto, no andar de cima, a ouvia gemer durante toda a madrugada, enquanto meu pai dormia num sofá, sem conforto, do lado de fora do quarto. Apesar disso, minha mãe não abria mão de me cobrar um adeus antes da escola, ignorando o explícito incômodo por estar suja, fedida, privada da capacidade de pentear os cabelos, corar o rosto, pintar os lábios e as unhas, como gostava, de vermelho. Mas não era por mal. E ela sabia que não era por mal, de modo que nunca protestou e, quando começou a caminhar com o auxílio das muletas, era ela que não abria mão de tomarmos o café da manhã na cozinha em vez de, constrangidos, ao redor da cama.

Minha mãe queria estar bem, recuperar-se, e em momento algum, mesmo com o corpo governado pelas máquinas hospitalares, consentiu com a derrota. Com o máximo de independência que se pode adquirir com um par de muletas, obrigou o meu pai a instalar uma mesa no quarto e trazer todos os seus livros, o material da universidade, para, talvez, voltar a se sentir útil, convencendo-se de que a cura poderia dar certo e de que ela reconstruiria o que estava quebrado e falido dentro de si. Meu pai a convenceu a voltar a dormir no quarto de casal, para onde a levava nos braços, escada acima, todo fim do dia e de onde a descia, da mesma forma, todas as manhãs. Eles tinham uma brincadeira que era só deles. Uma enfermeira também passou a vir duas vezes por semana. Me lembro de, numa manhã, quando me preparava para ir ao colégio, me surpreender ao encontrar minha mãe à boca do fogão, fritando rabanadas. Sob os primeiros raios de sol que se filtrava pelas cortinas de plástico, de repente, a redescobri viva.

Então, inesperadamente, ela voltou a ficar muito doente. A febre e as dores outra vez foram se agravando, a ponto dela voltar em definitivo para o quarto no primeiro andar e depender da assistência integral do meu pai que, assustado e abatido, não conseguia me olhar nos olhos. Era como se mantivéssemos naquele quarto um monstro que a aterrorizava constantemente. Os gritos que ressurgiam dali, que se chocavam contra a porta trancada, ecoavam dia e noite por toda a casa.

Na manhã do meu aniversário de doze anos, minha mãe teve um ataque e foi levada às pressas para um hospital de emergência e não voltou mais para casa. Fiquei dias sem qualquer notícia do estado de saúde dela. Quando voltei a vê-la, ela não me via mais, mal conseguia se mexer ou falar, não podia ser tocada. Estava morta. Portanto, quando meu pai me acordou, vestido com um terno preto e de barba feita, e contou que a minha mãe havia morrido, eu não chorei. O que não sabia era que a notícia estava atrelada a uma mentira. Meu pai disse sua mãe está morta, e a culpa é do cigarro. Mas era algo muito pior, que somente me seria contado anos depois.

O ônibus de volta segue numa velocidade ranhosa, emperrado na camada concentrada de gordura que, aos poucos, se torna o visgo da noite. Parou de chover, caso o conta-gotas modorrento possa ser considerado em parte uma chuva. A sensação de abafamento, porém, se sustenta; algo no ar, algo composto.

Duas paradas depois de cruzar a ponte, os freios são acionados, a porta dianteira se dobra e entra um cara. Ele interrompe o cochilo do trocador na tentativa de avançar pela roleta travada e, embora os demais assentos estejam desocupados, senta-se ao meu lado. Usa um perfume marcante, com cheiro de tangerina. Quem é esse cara? Por que, caralho, diante de tantos lugares vazios, escolheu sentar justamente ao meu lado? Um assaltante, a porra de um tarado?

Ele tem estatura mediana, é magro, com o rosto quadrado, queixo firme, cabelos castanhos encaracolados e sem corte. Veste um blusão jeans aberto e dobrado na altura dos punhos, camiseta de malha preta, calça branca e All Star preto cano longo com bico emborrachado.

O ônibus volta para a pista e ele segue imóvel, o tronco ereto e um braço esticado na armação do encosto dianteiro. Olha fixamente para frente. Não há qualquer intenção nele, embora eu sinta que algo esteja prestes a acontecer. O quê? O que pretende fazer comigo? Afasto a ideia, mas ela fica circulando na minha cabeça. E, num piscar mágico, todo o compartimento parece se reduzir a uma cabine dupla. Eu e ele, ele e eu, ainda que o máximo de interação entre nós dois seja as coxas, vestidas pelo jeans, se tocando naquele banco exíguo, movendo-se conforme a vibração dos amortecedores desgastados.

Não quero olhar para ele. Tento fingir. Olho para o rastro de vultos urbanos do lado de fora do vidro encardido, a paisagem corrediça sendo incinerada pela tarde barrenta. Mas ele continua ali. Não fala, não respira alto, não se move. Parece aguardar o momento certo.

O que se diria para um tarado que não se diria para um assaltante? Meu pai sempre me instruiu a não falar com estranhos, sobretudo dentro de um ônibus.

A viagem é interrompida outra vez, possivelmente por conta de um sinal. Então, sinto o momento de agir. Dou um salto, puxo a cordinha da campainha e atropelo as suas pernas. O cara não reage, não reclama. Escalando as barras de ferro, me aproximo do motorista e peço que abra a porta. Sem desviar o olhar da pista, ele sopra algum tipo de conselho inútil antes de liberar a passagem. Desço rápido, a cinco quadras de casa.

Faço o caminho para casa a pé, recendendo o perfume que, pensando bem, não me cheira de todo estranho. Cinco quadras até a ruazinha estreita, de paralelepípedos, onde desponta o sobrado de dois andares onde eu e meu pai viemos morar depois que a minha mãe morreu.

Contra a noite alta sem estrelas, a antiga construção parece flutuar sobre um cenário profundo. A escuridão se derrama no desenho da estrutura, inundando a curta distância do vão de entrada até o primeiro andar, exceto pelo contorno luminoso de duas janelas largas interpostas pela porta principal. Um modelo de assombramento. Algo, à primeira vista, abandonado, oco, destituído de habitação, caso eu não morasse ali. Quando a minha mãe morreu, tudo o que orbitava à sua volta foi se desintegrando aos poucos: o carro, a casa, a agência, meu pai, eu. Hoje apenas fantasmas transitam pelos cômodos frios e mudos do apartamento, presos a um impulso que faz com que repitam as mesmas intenções. Eu sou um fantasma e estou presa à memória.

Na manhã seguinte ao enterro da minha mãe, meu pai sentou comigo à mesa do café e disse que teria de vender a casa. Ele explicou que o tratamento nos Estados Unidos tinha deixado dívidas graves e só se desfazer do carro não seria o suficiente para quitá-las. A agência que ele dirigia também ia mal e entraria em falência. A mim, oferecia duas opções: morar na Filadélfia e estudar por lá, ou se mudar com ele para Niterói, para o antigo prédio em que vivia a tia Nette.

Argumentei que meus melhores amigos estavam aqui, que meu inglês não era bom, que queria ficar com ele, acima de tudo. Meu pai não disse que queria ficar comigo. Em vez disso, falou que o inglês se aprimora com a prática, que aquela era uma chance única, que não contestaria a minha decisão, mas que no futuro eu iria me arrepender.

Futuro? Como poderia pensar no futuro, se o presente me consumia? Eu perdia tudo de mais importante para uma menina de doze anos de uma só vez. Teria que me adaptar a um novo quarto, a uma nova escola, a novos colegas de uma nova turma.

A mudança aconteceu num fim de semana e se limitou a roupas e objetos menores, pois o apartamento estava mobiliado. Tínhamos uma nova casa, mas nada era realmente nosso, mesmo que espalhássemos pelos cômodos vestígios sentimentais do passado ou pintássemos as paredes com uma cor familiar. Os dias entravam dentro de dias e eu não conseguia me relacionar com nada ali. Meu pai pedia para eu ser razoável, que ele estava ajeitando as coisas, que logo tudo voltaria ao normal. Mas como a vida poderia voltar ao normal, se ela mesmo nos tinha retirado o acesso a qualquer condição de normalidade? Nada voltaria ao normal porque perdemos a chave em alguma parte do caminho. A ideia de normal era algo enviesado agora. E, por ter testemunhado tanto temor e perplexidade, aprendi, mais cedo do que deveria, que meu pai não sabia o que fazer com as nossas vidas, e que dependia unicamente de mim reconhecer para onde eu deveria ir para conquistar o que considerava ser do meu interesse.

Estabeleci que, nos fins de semana, eu ficaria na casa de Kátia, minha amiga de infância. Meu pai não protestou. A tia Ângela ou o tio Olavo vinham me pegar de carro, sempre acompanhados da filha. Eu esperava com minha mochila no portão, com receio dela pedir para entrar. Kátia continuava morando no mesmo bairro, frequentando a mesma escola, o mesmo grupo de balé, fazendo as mesmas viagens. Já eu teria de me contentar com o brilho residual da sua rotina, enganando-me durante dois dias que fazia parte de um universo do qual fora expulsa por conta dos meus pais desabarem e não haver nada que eu pudesse fazer a respeito.

À noite, pedíamos uma pizza ou íamos ao Bob's fazer um lanche e encontrar com o restante da turma, que retornava com a gente até o prédio de Kátia, onde entrávamos madrugada adentro conversando à beira da piscina ou ouvindo música num canto de sombras ao lado do play. Kátia namorava com Marcelo, que um dia trouxe um primo, em férias no Rio, chamado Leandro, mas que todos conheciam pelo apelido de Playboy. Ele era de Petrópolis, onde o pai tinha uma concessionária de carros. Dirigia um Palio verde, amassado nas laterais por conta de pegas, dos quais se vangloriava. No porta-malas, guardava um violão, que pegou para formamos uma rodinha e cantarmos músicas do Barão Vermelho. Também guardava uma pochete com seda e erva e nos ensinou a puxar um beck sem que o cheiro se denunciasse na roupa.

Numa noite dessas rodinhas, eu estava sentada ao lado dele quando a paleta caiu e, no reflexo para pegá-la, acabamos abaixando a cabeça juntos e, acidentalmente, nos beijando. Ficou aquele clima esquisito até que, no momento da despedida, ele segurou o meu braço e pediu para ficar comigo. A partir daí, a tia Ângela ou o tio Olavo não precisaram mais me buscar. O Palio rasgava a ponte, cortando os carros em zigue-zague, e eu gritava para diminuir a velocidade num misto de medo e excitação. Passamos a nos ver nos dias de semana também, quando eu matava aula e subíamos até o Parque da Cidade para fumarmos um vendo o sol lentamente entrar pelas costas da cidade, que se refletia por completo na Baía de Guanabara.

Playboy então falou sobre um sítio da sua família em Petrópolis, onde vivia apenas um caseiro. Combinamos de passar um fim de semana lá. Eu menti para o meu pai que estava indo para a casa de Kátia, e ela mentiu para seus pais que passaria aqueles dois dias na minha. Marcelo também foi. Playboy comprou cerveja e erva e, na subida da serra, fingia perder o controle do carro em alta velocidade, provocando uma série de gritos e palavrões sucedidos por gargalhadas nervosas. Chegamos no começo da tarde, o ar estava fresco e recendendo a capim-limão. Depois de cruzarmos o portão de madeira maciça, o carro estacionou sobre um gramado que se prolongava num campinho de futebol sem grades, e o caseiro se aproximou empunhando uma enxada. Seu nome era Jessé, e junto a ele veio nos recepcionar uma pequinês de pelo marrom chamada Zuzuque. A cada um que descia do carro, ela cheirava a bainha da calça e os sapatos. Um animal dócil e vigilante.

No centro da propriedade, erguia-se o casarão em estilo rústico, do século passado. A fachada de tábuas se apoiava sobre pilares de caibro envernizados que demarcavam todo comprimento da varanda suspensa, cercada por corrimões pintados de branco, assim como os lances da escada e os beirais que selavam o telhado triangular de cerâmica vermelha, de onde emergia a ponta de uma chaminé chamuscada. Havia duas grandes janelas de madeira escura, em ambas as laterais, e uma porta estreita nos fundos, que dava para um grupo de árvores de várias espécies, sobre o cenário longínquo de picos e silhuetas de montanhas.

Deixamos nossas bagagens na sala, que se resumiam a três mochilas gordas, e Playboy e Marcelo saíram de carro para comprar comida e mais cerveja. Kátia alegou estar cansada e se deitou para tirar um cochilo no sofá. Eu explorei o interior do casarão, inspecionando os cômodos, depois saí para a varanda. Zuzuque corria em círculos atrás de um bando de galinhas que cacarejavam alto e avançavam em direção a um abacateiro e dali se separavam, aflitas. Algumas fugiam para o galinheiro nos fundos do quintal, onde o terreno bem cuidado se transformava em mata fechada; outras contornavam o casebre onde morava o caseiro.

Assim que me viu descendo os degraus, Zuzuque disparou ao meu encontro, com suas patas curtas e orelhas de abano, se entrelaçando às minhas pernas. Caminhávamos sem motivo sobre a grama, até passarmos por um jacarandá florido, quando percebi a sua prontidão de se desviar de mim. Olhei para trás e a vi com as patas dianteiras apoiadas no caule da árvore. Ao me aproximar, ela começou a latir e insinuar alguns pulinhos. Só depois de um tempo descobri uma gorda lagarta verde escalando o tronco.

Com todo o esforço que lhe era cabível, o inseto flexionava o corpo cilíndrico e peludo numa maratona de milímetros contra o tempo. Zuzuque agia como se quisesse derrubá-la, mas a lagarta já estava numa altura que não dava o salto. Me aproximei do caule e examinei a lagarta bem de perto. O quanto tinha percorrido e o quanto ainda teria de percorrer para alcançar a ponta de um galho e completar seu ciclo de vida. O casulo, o período de incubação e, finalmente, o renascimento triunfal.

Me agachei e catei uma pedra redonda, batendo com toda a força contra a árvore. A pedrada foi violenta o bastante para partir o inseto ao meio e respingar um conteúdo viscoso no meu braço. Zuzuque atacou as partes que caíram na grama ainda animadas. A vida persiste mesmo depois de um estroçamento.

Nosso jantar foi macarrão e salsicha com molho de tomate. Tomamos mais cerveja e queimamos erva na sala de estar, vestidos de pijama. Havia dois cômodos mobiliados com camas de solteiro unidas para imitarem uma cama de casal, e pedi a Kátia para dormir comigo, enquanto Playboy e Marcelo dividiriam o outro quarto. Ela respondeu que queria ficar com o namorado e, visivelmente bêbada, disse qualé, Karla, depois de pobre virou santa? Todos riram.

Logo que entramos no quarto, Playboy pulou na cama e tirou a camisa. Ficou apenas com um short apertado. Depois que eu me acomodei ao seu lado, ele disse que não estava com sono, se eu me importaria dele assistir um pouco de tevê. Ergui os ombros em resposta. Ele então escorregou para fora da coberta que dividíamos e, na distância até o aparelho, falou que a recepção da antena ali não era boa, que iria colocar um filme. Você gosta de filme de terror?, e fez uma cara satânica, dissolvida num riso bobo. Na parte inferior do móvel havia um compartimento, que ele explorou com a mão e de onde tirou uma VHS. Ligou a tevê e injetou a fita no videocassete. A princípio, eu não conseguia visualizar o que se passava, pois seu corpo bloqueava a frente do monitor, daí ele se virou e refez o caminho da cama. Duas adolescentes se revezavam no boquete de um cara em pé, que gravava a cena pelo seu ponto de vista. Playboy voltou a se ajeitar debaixo da coberta, sem dizer nada, talvez esperando uma reação minha, que não veio.

Minha mãe sempre me dizia que eu era dona do meu corpo, que só eu poderia fazer algo com ele ou dar permissão para alguém fazer. O que ela nunca acrescentou foi a imprevisibilidade do momento, quando tudo ocorre de maneira tão brusca que você não consegue reagir ou deter uma ação. Ficamos assistindo a cena, mudos e desativados do seu apelo obsceno, até que senti uma aranha de dedos subir macia pela minha barriga e envolver todo um seio meu. O toque era suave e abrasador, concentrando-se no estímulo do bico, e de repente meu corpo deslizava para debaixo de outro maior, que o conduzia a uma sequência de movimentos rígidos em que pernas entravam por entre pernas e braços passavam em volta de braços. Um tremor corria pela minha pele, e também era um tipo de veneno que, não sei explicar, tinha o poder de matar ao mesmo tempo que de fazer nascer. Playboy encarou meus olhos e, encostando a ponta do peru duro na boquinha da minha xereca, pediu que eu não me assustasse caso saísse um pouco de sangue. Não fiquei, não sairia. Por favor, não goze dentro, falei.

Uso a minha chave na porta principal e entro como se, ao cruzar a soleira, não me desse conta e tivesse novamente saído, rumo à noite. É noite dentro do apartamento.

Caminho me valendo dos contornos dos móveis e da arquitetura familiar. Avanço pelo corredor, tateando as paredes assombradas por vazios amarelados de molduras, até me situar na entrada do museu da memória. Daqui vejo o facho artificial que foge da sala de estar fatiando a escuridão. Sigo e, à medida que avanço, o silêncio vai sendo infiltrado por uma cacofonia infrequente, mecânica, de alguma forma associada à intensidade da luz.

É ele, eu sei. Me encosto no umbral e o observo pelas costas, sentado no sofá, alheio à televisão que lhe bombardeia com luzes frias e cambiantes. Tem a cabeça inclinada, olhando para as próprias pernas, onde repousa um caderno.

Ele escreve alguma coisa num dos seus cadernos. Escreve todos os dias nesses cadernos, um texto infinito. Sinto ele frágil, tudo nele agora é frágil, até a sua sombra que corre ao meu lado e se projeta na parede nua atrás de mim.

De tudo o que perdemos, sinto mais falta das tardes de sábado, quando a agência funcionava em meio expediente e minha mãe se programava para aguardar a chegada do meu pai. O que trago na memória de mais elementar desses sábados são os acordes. Os primeiros compassos infiltrando-se no sono, puxando-me daquela camada aconchegante com melodias aceleradas que vinham do andar de baixo da casa. Eu era uma garotinha de sete, oito anos, e, ainda de pijamas, agarrada num pequeno cobertor com a cabeça de um coelhinho cinza costurada numa das bordas, descia, sonolenta, os degraus da escada, sendo envolvida pelo ritmo alegre que vinha do toca-discos na antessala. O concerto sempre começava com Cartola, depois vinha Candeia, Clara Nunes, Gonzaguinha; sempre na ordem em que tinham sido anteriormente guardados os elepês. Por um tempo, eu ficava estacionada entre o patamar e o pórtico apenas sentindo a música energizar meu corpo adormecido, depois cruzava a sala até a cozinha, onde sabia que estava minha mãe e seu sorriso radioso.

Ela sempre usava vestidos floridos nos sábados, tinha os lábios pintados de vermelho e os cabelos lindamente arranjados com um lenço. Logo que me via, abria os braços e gritava bom dia como quem saudava a manhã e sua claridade cintilante que invadia as janelas e as portas abertas. A casa tinha som, cor e cheiros, pois, com a mesa do café da manhã ainda posta, minha mãe picava o alho, os tomates e a cebola, cobrindo a fervura com um fio de azeite para preparar o molho vermelho que cobriria o espaguete, a lasanha ou o nhoque, perfumando o ambiente com um aroma único que, se eu fechar os olhos agora, posso sentir rastejando pelo meu rosto.

O barulho do atrito dos pneus do carro subindo o acesso à garagem anunciava a chegada do meu pai, que sempre trazia um buquê de rosas vermelhas para a mãe e uma barra de Surpresa para mim. Era o tempo dele tomar uma ducha e logo estávamos sentados à mesa, comendo sem boas maneiras, com a boca cheia ou usando as mãos para pegar a comida. Meu pai se encarregava de lavar a louça e encher as taças com vinho, enquanto minha mãe reabastecia o toca-discos e eu subia até o meu quarto para pegar o jogo com o qual iríamos passar a tarde. Sentados sobre o tapete da sala, em torno da mesa de centro, nos divertíamos com Boca Rica, Cara a Cara ou Ludo. Meu pai sempre tentava trapacear nos dados, mas minha mãe nos defendia, prontamente empurrando-o com o pé descalço e depois sorrindo com ele desmoronado, como se atingido por um tiro. Era comum, quando isso acontecia, pularmos sobre o meu pai e nos engalfinharmos, disputando risadas e cócegas, até ele não aguentar mais e se fingir de morto para depois estourar em gargalhadas. Com presunção de campeã, minha mãe se levantava sacudindo os braços e soprando os indicadores feito canos de revólveres, e em seguida saía para virar o elepê, abastecer as taças e me trazer uma tigela de sorvete. Acho que, na verdade, nunca terminamos nenhum daqueles jogos.

À noite, minutos depois de ser acomodada na cama com um beijo na testa e o desejo de bons sonhos, eu escapava dos lençóis e seguia, na ponta dos pés, até o patamar da escada onde, escondida atrás do corrimão, ficava ouvindo o ruído dos pés descalços no assoalho da antessala, no andar de baixo. À meia-luz de um abajur de curta irradiação, meus pais dançavam embalados pela suave melodia de uma orquestra. De onde eu me escondia, não conseguia ver seus corpos colados e envolvidos pela inocência do presente, apenas a projeção de sombras alongadas rodopiando pelo teto do cômodo vizinho feito insetos fascinados pela refulgência.

Agora todos que completavam aquele quadro estão mortos de uma forma ou de outra. Não há cores ou melodias nos sábados (ou em qualquer outro dia), somente o cheiro rançoso do ar confinado, do desleixo para com a poeira que se condensa numa textura aveludada sobre os móveis e os objetos sem uso, de outros tempos.

A casa foi vendida e abriga agora uma família completa e feliz. O que nos resta é este apartamento com paredes revestidas por planos obscuros, pinturas e retratos de mesa entranhando-se pela estrutura feito alguma espécie de fungo. Um organismo capaz de se multiplicar ante o abandono e a amargura, ocupando gradualmente cada espaço com uma substância cinzenta, compacta. Alguns cômodos já estão intransponíveis, a ponto da porta sequer abrir. A sala de estar, o quarto do meu pai e o escritório estão perdidos, afinal. O quarto onde durmo ainda resiste, protegido pelas recordações que salvei em objetos e a ternura que eles conservam em mim. Ali estão referências a um tempo quando a casa pulsava, respirava, vivia. Não mais. A casa morreu conosco dentro, ou não existe mais dentro de nós.

Anteontem, ao chegar de uma das minhas voltas com Playboy, me surpreendi com a tia Nette sentada no meio-fio, em frente ao portão do sobrado. Ela vestia um macacão jeans e apoiava uma bolsa de compras sobre seus tênis. Ao me ver descendo do carro, se levantou e me deu um abraço demorado.

Eu não via a tia Nette desde a nossa despedida no quarto do hospital americano. Ela tinha vindo ao Brasil para assinar alguns documentos que transferiam o custo das contas do imóvel ao meu pai. Disse que tinha combinado a data da sua vinda com ele por telefone. Meu pai não me falou nada, naturalmente.

Ele também não estava em casa. Faz algum tempo que começou a ficar fora de casa até bem tarde. Às vezes, sai à noite para fazer sei lá o quê.

Enquanto abria a porta, a tia Nette contava sobre meus primos. Cássio estava indo súper bem na universidade conceituada em que estudava engenharia espacial. O menor estava viciado num novo videogame chamado Playstation. Ela e meu tio faziam parte de um comitê ligado ao governo do Bill Clinton que levantava fundos para o envio de provisões a países em situação de guerra ou de miséria. Disse com uma expressão de orgulho, como quem acha que está salvando o mundo escutando *We are the world*.

Minha mãe nunca gostou da tia Nette, achava ela arrogante. Ela é um pouco mesmo, mas, quando me abrigou na sua casa, foi muito legal comigo, embora eu tenha certeza de que a minha saída de cena foi ideia do meu pai. Minha mãe não concordaria, caso não estivesse muito doente. Eu até gosto da tia Nette. Talvez porque somos as duas ruivas.

Fomos até a cozinha e tia Nette descansou a bolsa de compras sobre a mesa. Tirou um bolo de padaria, casadinhos e uma garrafa de Coca. Puxou uma cadeira, sentou-se e me convidou para lanchar, deixando claro quem era a verdadeira dona do apartamento. Eu estava numa larica forte e nem liguei. Servindo nós duas, ela perguntou como estávamos indo, eu e o meu pai, sem a minha mãe e o luxo em que vivíamos, da forma escorregadia que alguém pergunta algo querendo saber de outra coisa.

Eu e meu pai, na melhor das hipóteses, tínhamos nos tornados companheiros de apartamento. Não porque tivesse ocorrido alguma desavença entre nós, mas porque ele estava assustado demais com o que passávamos e preferiu recusar sua figura paterna, desconhecendo que eu era uma menina que precisava ser orientada a seguir em frente e, pela segunda vez na minha vida, encontrar uma chama de redenção. Um pai não deve entregar a filha à vida ou ao silêncio. Tentava compreender em que ponto ele concluiu que a omissão seria a melhor maneira de atravessarmos isso, estabelecendo essa distância que não tornava nem o seu ou o meu destino melhor, e sim tragicamente iguais. Eu nunca desejei essa distância, não fui eu quem se refugiou. Queria amá-lo e sentir sua mão firme segurando a minha, pois a outra, eu sei, estaria solta para sempre.

Mastigando uma fatia de bolo, tia Nette retrucou que eu deveria entender que eu não era a única que sofria, que meu pai também perdera muito e que eu fosse razoável com a atitude dele. Que a melhor maneira de ajudá-lo era não criar mais problemas. Que, ao invés de sair de carro por aí com um qualquer, no horário da escola, eu deveria me espelhar nos meus primos, que se empenhavam nos estudos para construir um grande futuro.

Aqueles comentários, forjados em malícia e soberba, me enraiveceram de tal forma que a mandei tomar no meio do cu. Quem ela pensava que era para opinar sobre a minha vida, para sair da sua casa perfeita, de seu trono dourado de mãe perfeita e vir aqui e me passar um sermão?

Empurrei a cadeira com as costas, num impulso para me levantar e sumir dali, quando senti suas unhas cravarem na pele do meu braço. Olhei, surpresa, para o gesto que me machucava e, antes que tentasse reagir, ela disse senta aí, e seu rosto estava coberto de uma intenção que transparecia à dureza. Somos o produto de algo protegido da verdade, sem a qual iremos morrer sãos e ingênuos. Depois que a tia

Nette teve aquela conversa franca comigo, não há mais nada protegido em mim.

Não posso pertencer à escuridão onde meu pai está encerrado agora. Compartilhar desse exílio seria aceitar sua conduta comigo, assumir o papel de intrusa na vida pálida de um homem traído pela esposa que por pouco não o contaminou com o vírus incurável que a matou.

Passo por trás do sofá, rumo à cozinha, e ele finge que não me vê ou já não consegue mais, não sei, deixei de tentar entender. Caminho contra a tela escura, fazendo o trajeto na minha mente até estar certa de que alcancei o limiar entre os cômodos. Tateando a parede além do portal, entro na cozinha e vou direto à geladeira. Ali estão sobras de almoços, restos que serão requentados por ele, que evito tocar. Pego o saco de pão de forma, o pote de maionese, presunto e queijo e, me valendo da luz fria que se derrama da porta aberta, preparo o sanduíche sobre a pia. Enrolo ele num guardanapo, devolvo os ingredientes às prateleiras e saio. Ele continua de cabeça baixa, encarando as páginas do caderno, ao passo que, na televisão, corre uma cena em que um cachorro, com a cabeçorra ensanguentada, se choca contra o vidro de um carro onde se abrigam uma mulher e um menino aterrorizados.

Outra vez ele me ignora. Deixo que fique em sua atenção desconhecida e refaço o caminho até o corredor, me despindo da luminosidade que afina sobre minhas costas à medida que penetro na outra margem da densa escuridão. Caminho rumo ao hall de entrada, ladeando a nudez das paredes e as portas sem trinco, os dois quartos e o escritório. Ali é o museu do meu pai, onde ele guarda os objetos de recordação da agência e passa a maior parte do dia.

Sinto vontade de girar a maçaneta e, quando meus dedos estão prestes a tocar o metal, um barulho seco irrompe e me assusta. Volto depressa à sala e me deparo com o meu pai tombado sobre o braço do sofá. Meu peito gela. Parece morto. Me aproximo da sua cabeça e, pelos movimentos elevadiços dos óculos, descubro que está apenas dormindo. O barulho foi o caderno que deslizou das suas pernas e caiu aberto no chão.

Saber a causa pela qual minha mãe morreu e todo o esgotamento e pavor que ela trouxe me exime agora de surpresas e quedas bruscas. No entanto, e isso agora eu vejo, não esvazia meu pai de mentiras e segredos inconfessáveis. Um homem não escolhe viver nas sombras por acaso. Quem é Pierre?

CAPÍTULO V

Pressiono o polegar contra a glande até arroxear o bulbo e o nó do dedo. Estabeleço uma compressão, de modo a conter o fluxo, que vou desafogando aos poucos, em golfadas sobre o tampo de vidro da mesinha de centro. Formo uma colônia de pérolas, quatro jorros esféricos de um denso líquido opalino, infiltrado por filetes de sangue. É preciso limpar o pau com uma tira de papel higiênico e chegar bem perto, quase os tocando com a ponta do nariz, para enxergar os riscos de um suave vermelho descorando para o rosado na superfície.

É o suficiente. Abotoo a calça. Saio para caçar.

Atravesso a Tiradentes e subo a São Sebastião. Resolvo caminhar, apesar do adiantado das horas. Da noite fechada sopra um vento gélido que esbarra contra o agasalho, cortando rente ao pescoço, fazendo-se sentir realmente no turvamento da parte interna das lentes dos óculos. Ando emparelhado pela extensa grade do prédio dos bancários, uma calçada de dois níveis desprovida de presença humana. Não há janela acesa acima da minha cabeça, o único ocupante da rua sou eu.

Na esquina da General Andrade Neves, a iluminação nuclear de um posto de gasolina recorta a escuridão, produzindo sombras errantes sobre as fachadas dos medíocres estabelecimentos na calçada oposta, tipos de vultos longilíneos que nascem e morrem sem som. Dois frentistas encapotados, colados numa bomba, se aquecem com goles de uma bebida fumegante, ombro a ombro, tentando regular uma barreira térmica. Cumpro metade da extensão da pista sem tráfego, fato que torna inútil o semáforo em pisca alerta, e dobro a Almirante Teffé, assustadoramente irreconhecível sem o acúmulo de veículos estacionados nas duas margens. Avanço até a praça.

Ali era um bom local para caçar. Acontece que, faz alguns anos, a prefeitura determinou horários para a circulação na área, por conta da população de rua que se abrigava em torno dos troncos das árvores ou no espaço dos balanços, ocupando os bancos e fazendo a higiene na água do chafariz. Agora os portões ficam trancados à noite, acredito que após às oito, e os mendigos se amontoam do lado de fora. Amarram pedaços de papelão e tiras de plástico nas grades, criando abrigos rotos onde se enfiam para se proteger do frio e sorver o que ferve no latão de tinta chamuscado pelas labaredas da fogueira de lascas de caixote. O facho que se alastra além deles é a única iluminação na praça, um ponto fraco naquilo que parece um enorme carro alegórico de sombras que se multiplicam além dos limites cercados. Me lembro de alguns momentos ali e, inconscientemente, me deixo segurar por um breve instante incinerado. Não mais. Sigo a caminhada.

Um murmúrio de rádio escorre, juntamente a uma corrente escura com forte cheiro de água sanitária, pela soleira da porta de ferro semicerrada de um bar na Aurelino Leal, ilhando torres de sacos plásticos rodeadas por cachorros. Terão o mesmo destino das que estão adiante, retalhadas, com o conteúdo espalhado às suas voltas, exalando um fedor distinto de restos de comida. Durarão até o turno dos garis e o expediente dos renitentes caminhões de limpeza urbana, eliminando o concentrado de imundície do pavimento com jatos de creolina. Enquanto isso, a matilha devora o que provém do faro, esquadrinhando e perambulando por territórios livres de humanos que sempre lhes ameaçam o banquete. Estou na Conceição e agora não falta muito.

Quase piso num sujeito estirado no chão. Parece morto. Está de bruços, com os braços esticados embaixo do corpo. Contorno ele, tangenciando as solas desgastadas das sandálias de borracha devido ao acanhamento da calçada. O trecho se localiza no meio de um emparelhamento de dois colossos de concreto, o que conserva uma escuridão retinta ao longo da passagem. À medida que a completo, vou sendo rendido pelo espanto: há dezenas de outros corpos do outro lado. Todos masculinos, todos na mesma posição. Surgem em profusão, como que brotados do asfalto. Noto que alguns têm, entre a pele e o pavimento, uma lâmina fina de papelão. Permaneço inerte até escutar um monstruoso rangido metálico vindo do alto. Inclino o rosto e visualizo, recortada sobre o nublado cinzento, a ponta de uma grua sustentando um gancho que oscila. Continuo na enquadração e logo se distingue uma gaiola de andaimes envolvendo o esqueleto de um arranha-céu, vestido por um longo e transparente véu ondulante. Com menos altura estão os andaimes, o maquinário e o canteiro de obras, de modo que o insólito da cena torna-se aceitável, simplório. Sigo sem reservas. Basta atravessar a ampla avenida.

Aqui é o ponto. A selva. Um ambiente repleto de hostilidade, o revés. Um submundo inefável, constituído por regimentos simples e agudos. Cruzo a Amaral Peixoto, com suas largas pistas esvaziadas do superfluxo automotivo, com o asfalto sem eletricidade. É uma arena cercada por imensos prédios conjugados, erguidos sobre pilares gigantescos cujas marquises cobrem todo o calçamento, dando a ilusão de galerias. Os vícios da madrugada trazem um aspecto mais corrompido, mais umbroso. É ali que eles ficam. Numerosos e furtivos. Dividem-se em grupos definidos. Putas, travestis e michês. São esses últimos que me interessam. Tiro os óculos e o envelopo no bolso do agasalho. Ajeito o cabelo para trás, viscoso devido ao frio, e caminho com passos firmes. Não sinto nada.

Carros de passeio em baixa velocidade abeiram o meio-fio, passando em revista o pelotão de moços. Os mais atirados confrontam os motoristas, se aproximando da janela com o pau amolecido saindo da braguilha, o abdome nu envolto pela jaqueta jeans. No fundo, alguns fumam. Outros cheiram panos embebidos com loló, flutuando nas indevidas colorações artificiais das fachadas dos bancos. Passo pelo amontoado, de onde partem alguns gracejos, e sigo até um espaço espremido por conta de uma pilastra robusta. Encostado numa das faces, enxergo um solitário. Tem a aparência que procuro: estatura mediana, rosto encovado e cabelo castanho ralo, embora mais liso que o devido. Uma fatia de sombra, presa à pilastra, apaga metade do corpo dele. Não consigo distinguir o rosto. Quer um cigarro? Meto a mão no bolso da calça e tiro um maço de Free, que estico para ele. Dedos femininos puxam o filtro. Tem fogo? Aproximo o isqueiro do vulto e a cintilação revela olhos negros e traços suaves atacados por um bigode indevido. Falta-lhe um dente da frente.

Por que não está com os outros?

Faz uma cara de desprezo.

Gosto de ficar sozinho, aqui é o meu espaço, responde, forçando um timbre áspero que soa ceceoso. Sou um cavaleiro solitário.

A brasa da tragada adeja na camada fina de escuridão, fornecendo vislumbres alaranjados do rosto dele. Não tem mais que trinta anos.

Mentira.
Do que cê tá falando?
Eles não te querem por perto.
Ele desgruda da pilastra, endireitando o corpo. Seu tom de voz endurece. Que papo é esse?
Você está doente.
Doente?, ele investe contra mim, o cigarro cai. Ficamos a meio palmo um do outro. Qual é a tua, coroa? Que história é essa de que eu tô doente?
O que é essa lesão no seu pescoço?
Ele desarma a pose.
Isso..., tateia involuntariamente a pele. Um chupão de um cliente.
Mentira.
Vai se foder!
Você está doente.
Nos encaramos por um tempo, em silêncio. Temos praticamente a mesma altura.
Eu pago o dobro se me deixar te foder sem proteção.
...
O mundo é um moinho, não é?

Ando sem pressa, com ele me acompanhando a certa distância, talvez a medida da projeção da minha sombra nos trechos onde funciona a iluminação pública. Avanço em direção à estação das barcas, onde encontro um único táxi ronronando, com os vidros embaçados devido à baixa calefação. Refazemos o curto trajeto em silêncio, os três. Eu e ele não trocamos nem mesmo um olhar até a chegada ao sobrado onde moro. Abro o portão e tomamos as escadas. Vou na frente por motivos providenciais. Subimos dois andares.

Ele permanece mudo ao cruzar a porta. Estuda os cômodos do apartamento como se planejasse algo estratégico. Deixo que se adapte ao ambiente, sem estimular qualquer conversa trivial. Ele caminha sem firmeza, ainda que isso seja reflexo da debilidade do corpo. Movimenta a cabeça para cima e para baixo, catalogando mentalmente cada móvel, cada quadro, cada adorno de decoração. Rente a uma mesinha de canto, alisa as bordas dos porta-retratos.

Apartamentinho bem bacana, hein?

Não reajo.

A sua esposa sabe que é um doador de cu?, pergunta inclinado sobre uma fotografia.

Não seja vulgar. Caminho até o aparelho de som e aciono uma fita com a gravação de Percy Faith & His Orchestra tocando o tema de *King of kings* num volume quase inaudível. Sou viúvo.

E essa gracinha de cabelos de fogo aqui?, aponta para outra foto.

É a minha filha. Ela morreu num acidente de carro.

Porra, e eu achando que a minha vida era uma merda!, solta uma gargalhada da cabeça cair para trás, exibindo a dentição desfalcada. O ato intempestivo lhe parece extenuante o suficiente para, em seguida, desmoronar sobre o sofá, escorando o flanco entre o braço e o encosto acolchoado.

Tomo o outro lado, apertando as costas contra a veneziana cerrada. Cruzo os braços e o encaro fixamente. Com a iluminação mais apropriada, é possível perceber a borda de uma lesão maior e mais retinta escapulindo pela gola da camiseta de malha preta. É de um vermelho escuro, uma protuberância carnosa.

Quer alguma coisa?

Ele declina com um gesto de cabeça. Pressiona o rosto com as mãos abertas e abre os olhos preguiçosamente.

Tem pó?

Nego com a cabeça.

Tudo bem. Qualquer coisa doce então.

Vou à cozinha e retorno com um cálice de vinho tinto.

Você não bebe?, ele pergunta, aceitando a oferta.

Não posso.

Por quê? Está doente?, sorri.

Quem não está?

Ele desenha um riso de canto de boca, em seguida dá o primeiro gole, molhando o bigode.

Volto para o mesmo lugar no outro lado da sala, cruzando os braços e apertando as lâminas da veneziana com as costas. Ele demonstra não se importar com a minha postura de sentinela. Está relaxado, com as pernas abertas, ora em vez dá um gole no vinho e volta a molengar.

Eu concedo um tempo para esse conforto, uma regalia que não cabe na sua rotina. Penso em perguntar mais sobre ele, contudo, temo qual seria sua reação. Há um propósito para estarmos ali, e não quero perdê-lo para dramaticidades.

Ando na direção do sofá e sento no espaço ao lado dele. Com cautela, abro a braguilha do seu jeans e saco o pau flácido sem a proteção da cueca. Não há qualquer reação nele que diferencie o estado de apatia ao fato de estar sendo masturbado, ainda que com ternura. Continuo com o estímulo até senti-lo ocupando todo o cone da palma, em riste como é necessário. Parece disposto, mas há uma falta de empenho nos seus gestos que não me deixa seguro se, para ele, realmente importa que aconteça o combinado. Tomo-lhe o cálice, me levanto, tiro a calça e me ajeito, fincando os joelhos no vão entre o assento e o encosto. Ele suspira, põe-se de pé e me penetra sem timidez.

Sou um barco que ele rema em águas calmas, sem precipitações ou rotas inesperadas. Vamos num ritmo manso, monótono, pois suponho que seja a energia que lhe sobre. Com tão pouca, afinal, não causa espanto que logo não resista e desabe exausto sobre as minhas costas. O tombo é tão leve que suporto o peso enquanto sinto ele minguar dentro de mim. Depois desmorona sozinho sobre o acolchoado do sofá. Apaga.

Me limpo com o forro da calça e me visto. Em seguida, vou ao quarto e trago uma coberta de lã. Tiro-lhe os sapatos, acomodo o pau sujo dentro do jeans, fecho a braguilha e visto o corpo dele até a altura do pescoço. Apago todas as luzes.

Estou de volta à posição no lado oposto da sala, de braços cruzados, encarando-o fixamente na contraluz fatiada pela veneziana quando ele desperta, assustado tal qual um coelhinho. Reage num sobressalto que seria improvável na noite passada, lutando contra a coberta e disparando uma série de questionamentos sem efeitos, interrompidos pela clarividência. Mais dócil, sentando no sofá, pergunto como se sente. Ele alisa o rosto, apertando o indicador contra os dentes da frente, depois ergue os olhos e diz que bem. Muito bem, por sinal. Olho para o pescoço dele e já não vejo a lesão. Também não está mais lá a borda vermelho-escuro na altura do peito. Tiro do bolso da calça uma nota de cinquenta reais e entrego para ele. Agradeço. Ele se levanta e vai embora.

Mais tarde sou eu quem senta no sofá. Me masturbo sem pressa até sentir o disparo do fluxo, que contenho pressionando a glande com força. Depois vou desafogando o canal aos poucos, em golfadas sobre o tampo de vidro da mesinha de centro da sala. Logo se forma uma pocinha de um líquido ralo, disforme, rubro de sangue. É possível observar o vermelho de longe. Visto a calça, não me limpo. Deito. Preciso descansar.

CAPÍTULO VI

O personagem se chama ROBERTO CARLOS DE ALMEIDA HOFFMAN. Ex-diretor de uma agência de comunicação e marketing. Sessenta e um anos. A esposa e a filha estão mortas.

Imagine que tudo tem início às seis e vinte da manhã, quando, na flutuação de um sonho lascivo (o erotismo onírico ainda lhe reserva refúgios, embora seja cada vez mais comum lhe restar somente fragmentos descontinuados, ultrapassada a fronteira do sono), o despertador digital (cujo manual que não consegue decifrar para desligar o alarme) berra a programação de uma rádio popular FM, derrubando-o da cama e fazendo um galo sobre a sobrancelha direita no choque contra a mesa de cabeceira.

Apoiando-se no mobiliário duro do quarto vestido pela penumbra, ele se recompõe, ainda zonzo, naturalmente embotado, e arrasta o corpo frouxo até o banheiro, estacionando diante do vaso destampado. A princípio, trava uma luta atrapalhada com o pênis inchado (ele se engana nesses momentos, fantasiando uma ereção, mas é o inchaço involuntário que prenuncia a urina, não mais que isso) e o cordão da calça do pijama, na tentativa de direcionar o jato vindouro para dentro da grande boca de louça e, depois de terminado o fluxo rubro-sangue, sacode o órgão sem ânimo, manchando o tecido com as últimas gotas, e o desliza de novo para dentro da calça.

Até então, já se foram dez minutos. Ele dá meia volta, apoiando-se no blindex, e se acerca do lavatório com dificuldade; os azulejos estão frios o bastante para lhe arder as solas dos pés. Antes de abrir o armário de medicamentos chumbado na parede, encara seu rosto riscado pelas rugas, o bigode agora ralo, e sente asco de si mesmo. É a merda da véspera de réveillon. Estou mais velho a cada dia, dispara contra o espelho, como se pudesse penetrar o aço.

Passa um pouco de Vick Vaporub sobre o calombo e se arrasta de volta para a cama, porém o corpo já está suficientemente aceso para se agarrar à dormência anterior. Por algum tempo, apenas observa fixamente uma parte do teto. O branco plástico aveludado lhe causa náuseas. Ele desce da cama quando a trilha ácida alcança a garganta, crestando a base da língua. Sente-se ainda mais zonzo, então retorna ao banheiro e refresca o rosto com a água fria do lavatório. O choque térmico lhe põe de volta ao eixo. Senta-se na beirada do vaso sanitário e concorda que o melhor a fazer é ocupar a mente com algo previsto, o que tinha programado para um momento mais tarde, após o desjejum.

Volta ao quarto, acende a luz e puxa com esforço a gaveta emperrada da mesa de cabeceira. Vasculha seu interior, espanando com os dedos as caixas de antiandrógenos e de analgésicos, e finalmente encontra os óculos. Calça os chinelos de borracha e segue em direção à sala. A grossa textura cinza que veste o cômodo é intermitentemente fatiada pelos feixes multicoloridos do pisca-pisca. Encontra o corpo do fio e o palmeia até o interruptor, a fim de desligá-lo. No meio do ato, porém, sua atenção escapa para um quadro do passado.

Um leito de hospital, área de tratamento intensivo para crianças. A menina confinada naquele recinto asséptico, cercada por máquinas e metais esterilizados, maltratada pelas sessões de quimioterapia, sem cabelo e sobrancelhas, um alienígena de semblante plástico devastado pelas drogas para combater as infecções decorrentes da leucemia, onde se equilibram olhos semicerrados, olhos laivos que fitam o presente de Natal, o pacote com o boneco, sem ter força para rasgar o papel dobrado com capricho. Ele a ajuda e, quando ela vê que é o Fofão que queria, tenta sorrir, mas não tem força e reserva a energia para perguntar baixinho sobre a ausência da árvore de Natal. Ele sai para cumprir o pedido naquele mesmo dia, ferreamente, contudo é véspera de Natal e os estoques não serão repostos, de modo que conversa com o gerente da Mesbla e consegue convencê-lo a vender (diante do argumento, o gerente não aceita o pagamento) uma pequena árvore que adorna o espaço dos caixas. É uma árvore feia, galhos brancos com bolas amarelas, mas a menina adora. Por isso, mesmo após ela ter recebido alta, mantiveram o ritual de montar a árvore.

A recordação o conduz às lágrimas. Um choro ineluvel que suja as palmas das mãos que pressionam os olhos, provocando um chiado áspero nas vias aéreas.

Um tanto descontrolado, se refugia de novo no banheiro, recorrendo outra vez à água fria do lavatório, espalmada contra o rosto em curtos intervalos, depois sorvida em goles da mão em concha até que consiga se restabelecer. Quando retorna à sala, a árvore está sendo atacada pelos primeiros raios de sol que passam sob as bainhas das cortinas entreabertas, uma claridade límpida que pavimenta o cômodo em placas de um dourado deiforme que revive beatificamente a velha pequena árvore de Natal do quarto de tratamento intensivo. Ele desliga o pisca-pisca enroscado aos galhos e a empurra para mais perto da estante de livros. São sete horas. Começa ali a contagem regressiva.

Feito o desjejum (café preto, pão de forma e margarina) enquanto assiste o telejornal, ele decide, contrariando a rotina, ir ao mercado comprar o necessário para uma ceia. Ao cruzar a recepção, o morador do segundo andar lhe acena um bom-dia, um gesto que normalmente não lhe incomoda, mas hoje tudo soa como a merda da véspera de réveillon. Na calçada de concreto, encadeia passos miúdos de alguém que sabe que tem um longo dia pela frente. Crianças correm por todos os lados em movimentos flutuantes, atirando bombinhas embaixo dos carros que entopem ruas anexas a Sendas, de onde saem homens carregando engradados de cerveja que encaixam no espaço que restou no porta-malas após a instalação de caixas de som que disparam milhões de decibéis de demência por segundo.

Dentro do supermercado, a algazarra persiste com um bando de gente apertada sobre as gôndolas, se empurrando por uma lata de qualquer coisa, enchendo cestas de mão e carrinhos de ferro, revezando-se na brusquidão que deixa um rastro de produtos pisoteados e espalhados pela loja. Ele fica confuso e chega a cogitar histeria coletiva, frenesi causado pelo bug do milênio. A hecatombe codificada em dois dígitos, a pane do sistema Cobol. O mundo sem eletricidade e conexões urbanas, aviões despencando do céu feito pássaros acometidos por infartos fulminantes, a extinção do fluxo monetário, o trilho da vida em vias de recuar cem anos.

Ele compõe um quadro mental, tomando emprestada a trama de H. G. Wells (na realidade, ele se apega à leitura feita por Orson Welles, mas não se dá conta), no entanto, a moldura não se encaixa à cena. Há pessoas embriagadas neste início de manhã. Mulheres com as bundas espremidas em shorts cavados de dançarinas de axé que se insinuam para marrequinhos e estoquistas enquanto os filhos se distanciam, sufocados pelo bulício dos pés descalços, das bocas escancaradas que gargalham e consomem na surdina produtos cujas embalagens serão despachadas em corredores vazios por onde saem de fininho. Ele, ainda estatelado na entrada do supermercado, registra cada detalhe do cenário que se molda à sua frente e, infalivelmente, o estômago volta a embrulhar. Pensa em Lúcia, que pegou em armas para implantar a ditadura do proletariado. Queria que ela estivesse ali para ver por quem quase morreu à base de tortura. Pão e circo, Lúcia. Pão e circo.

Agindo em contrafluxo, ele apanha o que precisa, os itens que irão compor a sua ceia, e, com ingresso para o caixa rápido, consegue escapar rápido dali. São movimentos abruptos, inadequados para a sua saúde, e, no meio do caminho, curva metade do corpo com as mãos apoiadas nos joelhos, sorvendo goles longos de ar. Nas sacolas plásticas, castanhas, nozes, um cacho de uvas, uma manga, uma coxa de peru e uma garrafa de vinho tinto com tampa de rosca. Retoma o percurso até sentir as articulações das pernas voltarem à plena forma, à maneira que foram condicionadas quando era prazeroso dividir com a esposa os coopers matinais. Ele era atlético; agora trasteja para subir os pés até a calçada.

Decide não retornar de vez ao apartamento. Toma uma passagem vicinal que dá num caminho arborizado, onde uma matilha de vira-latas amarelados se refugia para se aliviar do sol de dezembro, estirados no asfalto com a língua trepidante para fora. Ali crianças também correm por todos os lados, meninos e meninas descalços e nus da cintura para cima. São diferentes das outras (o que, para ele, significa mais que estarem suadas e encardidas), porém isso não o irrita menos. Onde estão os malditos adultos deste novo mundo?, indaga-se.

Ao longo da via, casas familiares se intercalam na paisagem anódina, com acanhados estabelecimentos, a maioria botequins. Passeia ao largo da arquitetura vertical dos prédios cinzentos, das grades e dos vigias noturnos, do elevador de serviço e dos porteiros. Ali vivem os porteiros, essa gente de serviço. Casas simples de gente simples, algumas delas ainda vigentes na crueza da construção que expõe os tijolos de barro e o encanamento rústico. Casas pálidas, necessitando de reformas nos seus telhados laivos de limo, nos muros atarracados que separam quintais vizinhos. Ele caminha (mas não inadvertidamente, ele mente para si mesmo o porquê de ter escolhido o desvio) até que se depara com uma parada de ônibus à margem de uma avenida intermunicipal. Está ali para isso: olhar os ônibus que estacionam e desembarcam e embarcam passageiros. Gostaria de entrar num desses, independente de qual, e reencontrar com ele, ou com qualquer versão dele, que, fingindo ceder passagem, colasse no seu corpo até descer inesperadamente, provocando também o seu desembarque, e o conduzisse para o cinema que frequentou insistentemente à procura dele e que agora foi demolido para dar lugar a uma igreja evangélica. Lembrar-se disso o impede de fingir que tomou o caminho ao acaso, e então se vê assombrado por fantasmas do passado, preso no conto de um Dickens retido e sem comiseração, que lhe aponta a mentira que deixou para trás. Enrola a alça das sacolas nos dedos até as pontas perderem a cor, punindo-se por escolher uma fuga que, diante do estado das coisas, foi um erro tremendo. Está mais melancólico que antes, caso isso seja possível. Está melancólico como costuma ser, afinal.

Algumas horas depois, ele se encontra sentado na cama, contemplando, em meio às cortinas entreabertas, o céu amortecer para um tom lívido manchado por plasmas púrpuras. Nos primeiros minutos do ocaso, uma formação de espessas nuvens prateadas invade o panorama, enfeixada por clarões que anunciam uma chuva firme de aproximadamente uma hora que não estragará a festa daqueles que, a céu aberto, comemoram a passagem do ano flanqueados pelo mar. Neste momento, parte da sua ceia já está pronta e arrumada sobre uma mesa de tampo redondo de vidro forrada com uma toalha de poliéster com figuras de papais-noéis comprada na Macy's, numa viagem de negócios para Nova Iorque, à guisa de surpreender a filha numa celebração natalina que a doença impediu de acontecer. A manga está fatiada em gomos generosos num prato pintado à mão, as uvas soltas e lavadas foram arranjadas ao lado. As castanhas cozidas estão numa tigela de porcelana branca, as nozes numa cestinha de palha. O arroz que preparou para acompanhar a coxa de peru também já está no ponto. Falta somente a coxa, que assa no forno, e a energia necessária para desenroscar a rolha da garrafa de vinho, emparelhada com cuidado a uma taça bojuda de cristal. Enquanto espera, resolve tomar uma ducha.

 Com exceção da cozinha, todo o apartamento tem vida por conta da luminescência difusa que vem de fora, derramando-se pelas janelas por entre as saias das cortinas. No caminho, ele para em frente ao aparelho de laserdisc e aciona Conniff a cantar Sinatra. *My way* soa suavemente a seu favor; afinal, é a merda da véspera do réveillon, não é? Nos acordes finais de *My kind of town*, ele adentra desnudo o banheiro, sentindo um ligeiro choque nos músculos da perna quando troca o tapete pelo ladrilho gélido. Caga, lava o cu com o chuveirinho, em seguida vai para o boxe. Esquecer a toalha faz parte da sua rotina de lapsos, de maneira que volta para o quarto pingando em bicas, onde, ainda nu, se perfuma com Kouros, de Yves Saint Laurent, fragrância que reserva para ocasiões especiais. Os cabelos encharcados, assumindo um verniz iodado em mechas sobre a brancura, são penteados regiamente para trás. Ele sente o corpo estimulado, a pele encrespada pela água fria emanando a efusão de tangerina, cravo e artemísia que lhe excita (é mais um afogueamento, embora ele prefira abraçá-lo como ao corpo de quem compartilhou a carnalidade), restaurando uma vontade adormecida de sexo. Há muito tempo não trepa, desde os dias em que o médico do Antônio Pedro lhe informou o porquê da sua urina e porra estarem tingidas de sangue. Segura o pau, pressiona com o polegar a glande e cogita se masturbar. Será que ainda consegue bater uma punheta? Recua alguns passos e senta no colchão. Não, agora é incapaz até mesmo de transar com sua mão, agora é todo incapaz. Por um tempo, concentra-se em acariciar o pau no centro da palma, feito um bicho de estimação adoecido. Em seguida, veste a camisa de gola rolê, a calça de flanela e os mocassins da mesma cor. Está pronto. Sente-se pronto.

Cumpre o caminho de volta à cozinha, guiado pelo cheiro das castanhas cozidas e da carne do peru assando. Ao passar pela janela da sala de jantar, a fulgência do pisca-pisca na sacada do apartamento de cima confere ao seu corpo uma áurea bruxuleada, irradiando lampejos tricolores na superfície envidraçada dos porta-retratos arrumados sobre o aparador, onde também fica o telefone. Ali estão fotografias dele, da esposa e da filha. Algumas em grupo; outras, em dupla; e uma particular, da menina antes de adoecer, com um sorriso assustadiço vestindo um uniforme pré-escolar. São molduras de variados materiais e tamanhos que, pelo menos na última década, mantiveram aquela exata ordenação, refletindo aspectos do seu corpo ao passar rente ao móvel, sem despertarem o mínimo interesse até agora, que, acesas pelo brilho intermitente, parecem atacá-lo de uma só vez com as lembranças contidas naqueles recortes de tempo. O retorno dele e de Lúcia a Paris após o exílio; a viagem que fizeram à Disneylândia meses depois da vitória sobre a leucemia, a filha com os cabelos vermelhos soprados pelo vento; ele e Lúcia, extenuada pelos sintomas da doença ainda desconhecida, no auditório do colégio, testemunhando a formatura da filha; um close de Lúcia e da filha disfarçadas com aqueles óculos de aro redondo que vêm preso a um nariz rosa batatudo e um bigode à la Salvador Dalí.

Se deparar com os registros tomados por fantasmagoria lhe provoca um estremecimento e a sensação de que não está sozinho no apartamento escuro, intoxicado pelo embalo da música orquestral e o aroma acentuado da comida. Ele gira a cabeça e vasculha o espaço ao redor. Até onde a visão não esbarra no limite da miopia, visualiza longas sombras vivas, circulando por entre soleiras e portas, concentrando-se nos confins do seu quarto. Seu corpo se imobiliza em questão de segundos. Engole em seco. No silêncio que se fixa momentaneamente, ele escuta o som da água ainda fluindo pelo ralo do banheiro, como se distanciasse aos poucos, avançasse contra o desconhecido que parecia derivar vultos. Está palpitando, sente a respiração falhar, fragores soam arbitrariamente pelos cômodos. Não há mais música e, de repente, um coquetel de vocais e os sopros do trombone de Mr. Conniff principia *New York, New York*, estilhaçando a quietude. Seu coração ainda está descompassado quando as primeiras gargalhadas irrompem. Ele explode e desmorona. Sentado no tapete, com cabelo úmido caindo sobre a testa aos solavancos, não se contém. Não há ninguém aqui, a voz soa desbragada. Não há mais ninguém aqui, em parte alguma. E um tipo embargado de gargalhada ganha vez, não tão agudo, todavia, para superar o solo virtuoso do piano de Perry La Marca.

Terminada a crise de riso, ele sente uma ardência nos pulmões, como se as gargalhadas tivessem sido, de fato, tosses crônicas. Traga o ar em doses compassadas à maneira de recuperar o fôlego e se levanta apoiando o braço no assento do sofá. O aroma do peru tostado está mais intenso. São oito horas, deu o tempo exato do cozimento, conforme instruía a receita no verso da embalagem. Ele retoma o caminho à cozinha e, da prateleira do armário embutido sobre o fogão, apanha um prato de porcelana, maior que o da manga e das uvas. Constrói um platô com o arroz, deixando o espaço adequado para pôr a coxa. Descansa o prato sobre a pia. Calça uma mão com luva de cozinheiro e, cautelosamente, retira o tabuleiro do forno, onde a coxa está totalmente embrulhada em papel alumínio, transferindo-o para o lado do prato. Presume que, caso não tivesse o rosto impregnado pela camada de frescor do banho recente, não teria suportado o vapor quente e tudo acabaria no chão. Abre a torneira e refresca a testa e as bochechas, dando continuidade ao movimento até a gaveta de talheres, onde escolhe uma faca de lâmina serrilhada e um garfo, o qual usa para fazer uma abertura na couraça metálica que envolve a coxa. Um filete espesso de fumaça escapa da carne destapada com boa fragrância. Afunda a ponta do garfo na pele crestada de aspecto caramelado para se certificar do ponto, e um ruído crocante lhe serve de resposta. Desocupa o tabuleiro, arrumando-a ao lado do platô de arroz branco. Na sequência, inicia uma maratona de idas e vindas da cozinha à sala, onde arruma os itens restantes da ceia sobre a mesa coberta com a toalha de tema natalino. Tudo está pronto. Tudo parece perfeito.

No último retorno da cozinha, traz duas velas vermelhas de corpo em espiral e um acendedor automático. Quando as acende, uma redoma abarca ele e a mesa para uma claridade amarelenta. Posiciona os castiçais no centro do tampo, entre a tigela de castanhas e a cestinha com nozes. Se o dia havia seguido uma espécie de liturgia, agora tinha a impressão de que a mesa era um altar. As chamas pálidas desmaiando sobre os pratos, a tonalidade difusa dos alimentos. Tudo adquiria um modo de ser deslumbrante, se tornava um cenário para epifanias. O que mais parece esse teatro de sombras no teto?

Antes de se acomodar, porém, ele se distancia da mesa e volta ao aparador onde estão os porta-retratos, de cuja gaveta saca o revólver calibre trinta e oito que guardou ali faz três dias, logo que conseguiu a munição com um dos putos que traz para o apartamento. É uma arma velha, que pertencia a Lúcia. Um objeto de estima que simbolizava os tempos de guerrilha, a evidência de uma guerra sem vencedores.

Mais tarde, no mesmo dia em que pegou a munição, numa troca atrapalhada de embrulhos que ele apostava ter sido flagrante, carregou o revólver. Três balas para ter certeza de que nada sairia errado, de que não passaria de um velho melancólico para um vegetal assistido por uma enfermeira desinteressada. A ideia tinha base na leitura de *Trem noturno*, romance policialesco de Martin Amis, que aprendera a gostar pela explícita influência de Nabokov, um dos seus escritores prediletos. Leva a arma até a mesa e a repousa ao lado do prato, munindo-se, na flexão do gesto, de garfo e faca. Espeta a coxa e fatia o primeiro naco. Mastiga mesmo fumegante. Está realmente suculenta.

São nove e vinte a esta altura. A Ray Conniff Orchestra inicia e finaliza radiosamente a melodia de *You make me feel so young*, fragmento de tempo necessário para ele devorar a coxa de peru, o platô de arroz e esvaziar duas taças generosas de vinho. Está indo rápido demais, uma voz censora o alerta. Contudo, não há nenhuma nota no plano que diz que ele teria de ser comedido com a refeição. Não que se lembre. A próxima vítima é o prato de frutas. Ele precisa apenas da metade de *All the way* para esvaziá-lo. Mastiga e engole mecanicamente, embaralhando o paladar com o travo das nozes e a rascância do vinho. De repente, vozes incidentais tomam o recinto. Ele leva alguns segundos para assimilar a algazarra que escapa do apartamento de cima; familiares e amigos se abraçando e trocando os últimos afagos do ano. Vislumbrar a cena lhe ataca a nostalgia, de modo que, no centro da redoma conformada pelas chamas amarelentas das velas, parece ele próprio reencontrar fisionomias nas cadeiras restantes, intenções de rostos que o encaram com ternura. Mantenha-se ocupado com a refeição, novamente a voz interfere. Acabe logo com isso e faça o que foi pretendido com esse velho revólver de estimação.

 Os acordes finais de *Mack the knife* e a metade de *I've got you under my skin* são suficientes para, das castanhas cozidas, restarem somente as cascas. Ele sorve a terceira taça de vinho, sobrando um pouco mais de dois dedos no fundo da garrafa. Nesse momento, o estômago, que passara o dia dando sinais de rebeldia, reclama um agudo desconforto. Ele deixa a mesa e desaba na maciez da poltrona usada para escrever nos seus cadernos, onde solta um arroto alto. Dali sua visão tem um alcance danificado sobre as ruínas da ceia e o revólver carregado com três balas. Ele vasculha novamente a sala de jantar, uma operação sem sucesso desta vez. Não demora a perceber que desobrigar o corpo da posição ortogonal à mesa é a deixa para os músculos relaxarem. O assento fica mais macio à medida que a lassidão ocasionada pelo empanturramento vai ganhando terreno. É claro que há também o efeito do vinho, que age de maneira comprometedora nos gestos e na acuidade auditiva. Todos os sons lhe chegam tão baixos que *The lady is a tramp* parece soar de fora. A iluminação tênue pesa as pestanas, puxando as pálpebras contra a resistência dos olhos, a visão estreita entre os cílios luminosos. Não, esse não é o plano! Ele não reage. Ocorre o intervalo mudo de troca de faixa no laserdisc: a derradeira *Strangers in the night*, com 2'22", dá início à contagem regressiva. De certa maneira, ele também passa a ser estranho para aquela noite que arquitetou. Falivelmente estranho. E então dorme.

O sonho se desenrola no interior de um carro, onde estão Karla e o namorado. Embora a alta velocidade torne o cenário ao redor uma pasta varrida, a consciência que habita aquele plano sabe que estão subindo a serra de Petrópolis. Frases incompreensíveis disputam volume com o rádio, enquanto a fumaça do baseado ensaia um movimento interrompido pela força do ar que a aspira para o fundo. Só aí é que o espectador onírico se dá conta de que os jovens não estão sozinhos: Lúcia está sentada no banco de trás. Nua, com o corpo tatuado por hematomas de tortura. Seus olhos não piscam, e ela ri de maneira destrambelhada. Estamos indo para a Casa da Morte, diz. E uma poça de sangue grosso começa a se expandir debaixo de sua bunda, menstruando de forma incontrolável todo o estofado e a textura granulada do ambiente, cuja coloração retinta advém da tempestade tropical que cai. A perspectiva desliza de volta à frente da cabine, onde Karla, em gestos aflitos, aconselha a se refugiarem no acostamento, do que o namorado debocha, e então dá mais um tapa no cigarro e pisa fundo contra as rajadas de ventos que sopram granizo, folhas e galhos na superfície da lataria. O motorista uiva e aperta as mãos contra o volante, tentando governar o ingovernável por entre as dobras do véu cinzento, e dos seus lábios escapa uma canção para a carona, que, hipnotizada por um medo diluído em respirações entrecortadas, cola a testa no vidro turvo, incapaz de distinguir os limites da estreita estrada e as curvas sinuosas, os únicos indicadores de que não estão avançando rumo ao precipício. Lúcia se levanta e, definhando a olhos vistos, começa a pronunciar uma ladainha em francês, até que avança contra os cabelos de Karla, puxando-os para trás no instante em que o galho de uma árvore acerta em cheio o capô, estilhaçando o para-brisa. Com o susto, o motorista freia com brusquidão, perdendo o domínio do carro, que bandeia para a esquerda. Na extensão do movimento, o tempo desacelera no interior da cabine, a ponto de se ver minuciosamente o mundo inundado penetrar pelas rachaduras do vidro e, minuciosamente, o pânico desabrochar na fisionomia dos passageiros. O efeito é devastado por um caminhão que se choca com violência na lateral do veículo, arremessando-o contra a face da montanha que flanqueia a margem oposta. A sequência dos fatos se congela e, por um período não estipulável, o que se observa é apenas o carro destruído. Então uma porta se abre e desembarca o namorado de Karla. Ele caminhava sem sequelas em direção ao espectador onírico e, quando estão a um palmo de distância, espalma o próprio rosto e arranca a pele como quem puxa uma camisa molhada. Por baixo de uma camada fina de gosma e sangue, está o seu verdadeiro rosto, o rosto de...

O sonho é interrompido por um disparo de rojão que o faz despertar num sobressalto. Leva um tempo para se ambientar, para entender o silêncio por trás dos golpes de respiração. Sente como se tivesse escapado de um transe, das artimanhas de um hipnotista. Se recorda claramente do transcorrido até o fim da ceia e do propósito a que se deve a noite, mas não o que é intermediário, o lapso de tempo que liga as partes. Dá uma boa olhada em volta à procura de pistas, coisas fora do eixo, e, ao enxergar o laserdisc em modo de espera, registra que seu plano foi desbaratado. Levanta num rompante precário e, ainda sonolento, claudica até a mesa, onde despenca sobre a cadeira fora de lugar devido à saída brusca anterior. Serve-se do vinho restante. Toma num gole único e, na sequência, empunha o revólver. A mão treme. Ele aperta os lábios contra os dentes, o estômago volta a embrulhar. Vomitar não faz parte do plano. O plano era alqueivar o corpo e, após o acorde final da Ray Conniff Orchestra, plantar uma bala na cabeça. Ainda dá tempo. Vira a cara para o lado e espeta o cano do revólver na têmpora com força desproporcional, chegando a ferir a pele frágil. Sente um filete de sangue escorrer; ou seria suor?

    O indicador se curva sobre o gatilho, toca o metal, mas falta força, não lhe vem a coragem. O vacilo, de imediato, se impõe sobre as glândulas lacrimais. Ele é um velho covarde que chora, um velho covarde que vem mentindo nos últimos vinte anos. O choro segue sem freio, o nariz escorre sobre o bigode ralo, ele baba. Do ângulo em que seu rosto está, a visão acerta os porta-retratos relampejados pelo pisca-pisca na sacada do apartamento de cima. Ali está Lúcia, sorrindo ao lado dele, em frente ao mesmo hotel na Saint-Germain, próximo à Universidade Paris-Sorbonne, onde se reencontraram e conceberam inadvertidamente a filha, algumas décadas antes. Ele chora por Lúcia, por tê-la matado, por não conseguir controlar o vírus, que se manifestou por meio de febres constantes, de uma gripe mal curada sobre a qual ela sempre desconversava, tentando postergar o exame de sangue porque, ela sabia, ele sabia, não seria um absurdo, uma surpresa chocante identificar anticorpos gerados pela infecção, porque sim, ela hospedava o vírus no organismo, sim, ela estava com a praga e definhava, perdia as barreiras do corpo para as doenças oportunistas, a falência pavorosa do organismo reprisando o martírio da tortura, a tortura dentro de si, o torturador enlutando o sangue, apesar das drogas, apesar de seguir à risca o tratamento que lhe deixa o rosto encovado, as veias à flor da pele e a barriga dilatada, apesar do esforço aparecem as lesões na pele, as manchas púrpuras, e, com urgência, a internação, e ele, de um modo desajeitado, insistindo em mentir para a filha no corredor da unidade de tratamento intensivo, um local que a assombra com recordações do quarto decorado com adesivos infantis fedendo a iodo, ao lado dele, dia após dia, assistindo os desenhos animados da Hanna-Barbera e os documentários sobre o reino animal, lutando contra a leucemia, e, exatamente por tê-lo como um herói, um herói posto numa situação delicada, não entra (e nunca entrará) em detalhes, dando espaço para ele que, com a cabeça inclinada sobre as palmas das mãos, não tem coragem de trazer a lume que foi ele quem, de maneira insidiosa, a instigou para que frequentassem as festas, os encontros sexuais, que foi ele quem matou a mãe dela. Ele é um covarde por sacrificar quem o amava por conta de desejos obscuros, por reprisar cenas que procurou compensar com aventuras a dois, sem que ela soubesse que, cedendo ao próprio prazer, apenas dava tutela para ele saciar suas tentações com fantasmas. Ele vivia perseguindo, em silêncio, uma sensação que se perpetuava incompleta pela ausência do corpo devido. Quem era ele afinal? Ele nunca foi um coelhinho, sempre foi a raposa. A mais cruel de todas, a que devora as outras. Por que então não tinha sido ele a se infectar e morrer envenenado pela compulsão, pelo vício?

Seu braço despenca rente aos pés da cadeira. Deixa cair o revólver. Ele não consegue tirar a própria vida, não há plano infalível contra a covardia. Está detido na culpa de ter matado Lúcia; o suicídio seria uma forma de profanar a fidelidade dela.

(Ou será que não?)

De súbito, uma saraivada de fogos de artifícios rutila no céu, ocasionando o ressurgimento atroado da voz censora. Lúcia está morta, não precisa mais mentir para ela, para aquela Lúcia complacente que você criou, a esposa tapeada com quem compartilhava uma relação sem regras e impessoalidades, que mergulhou de cabeça com você em experiências corpóreas, forçando os próprios limites por conta da lealdade, e você, mais que ninguém, conhecia a compleição fragilizada pela tortura, sabia da importância com que ela tratava os pactos e, exatamente por deter esse trunfo, usou essa Lúcia como salvo-conduto para viver aventuras com homens sem ter de dar explicações, pois faziam parte de um jogo, de um mesmo time, mas você nunca foi honesto nas suas intenções, não é? Vivendo suas fugas em segredo, escondendo-se atrás dessa máscara de marido preocupado em proporcionar satisfação à esposa, alimentando a chama nela enquanto voltava reiteradamente como um cachorro sem dono àquele cinema caindo aos pedaços, fedendo a porra e a carpete mofado, para ser chupado por dezenas de desconhecidos, por ferozes bocas insaciáveis, mesmo quando sua filha lutava contra um câncer agressivo numa unidade de tratamento hospitalar, uma criança de seis anos sendo consumida por dentro, transformada numa coisa despelada e amarela, e você na sessão de um filme pornográfico fora de plano cravando as unhas na cabeça de um cara sem rosto que sugava o seu pau até perder o fôlego. É por essa Lúcia que não consegue dar um tiro na cabeça, por essa história amarrada em mentiras e falsas intenções? Ou é para continuar abrindo a mesma porta, que oferece um cômodo às escuras, que dá numa outra porta de um novo cômodo sem luz, reincidindo a mesma ânsia de perseguição por um quarto que não está mais disponível para você, um quarto de hotel onde fronteiras foram penetradas, onde um garoto te elevou a um nível de prazer inestimável, uma sensação inarrável de contentamento feito a de um emplastro narcótico que precisa do contato da pele do outro, do calor da pele do outro para fazer efeito. Você sempre procurou esse efeito. Você não consegue se matar porque, mesmo velho, ainda há em você a esperança de reviver esse efeito, contudo não existe mais esse outro, o garoto nunca voltará, você nunca mais o verá, entenda, mesmo que, dos rostos umbrosos pela tela asmática, tenha imaginado insistentemente que era ele, o garoto daquele hotel, que chupava com gana o seu pau goela adentro até você gozar e que, sem dizer uma palavra, se levantava e desaparecia entre as fileiras de cadeiras desocupadas e sem manutenção. Ele não virá, talvez esteja morto, talvez tenha morrido da mesma praga que matou Lúcia, pois se há uma coisa sobre a qual esteve certo nos últimos seis anos é de que foi você quem matou Lúcia ao não impedi-la daquele gesto tomado unicamente para te agradar, ser fiel ao pacto libertino que selaram. Lúcia foi morta pela aids, o garoto está morto pela aids, você é o único que não foi contaminado, está vivo, inexoravelmente vivo, e talvez seja este o seu castigo por todos esses anos de mentira: continuar vivendo. Viver eternamente preso a essa compulsão.

    Ele vomita todo o conteúdo da ceia sobre as pernas. Tem tempo de uma respiração profunda e arrevesa outra vez, um jato agora mais forte, que lança o seu corpo com violência para frente. Busca amparo no rebordo da mesa, mas, antes de conseguir tocá-la, a terceira golfada o derruba no chão, e junto caem a garrafa vazia de vinho e a taça, que se estilhaça no contato com o piso. Tenta, sem efeito, se recompor, levantar-se para buscar um pano para limpar a sujeira, no entanto, vai se sentindo mais debilitado que de costume, um formigamento sem controle, uma força que se esvai no fluxo do líquido amargo que é um tanto escuro e que se espalha pelo chão do apartamento vazio e mal iluminado, a não ser quando tingido pelas luzes intrusas dos fogos de artifícios que lá fora cortejam, à sua maneira, a chegada triunfante do novo milênio.

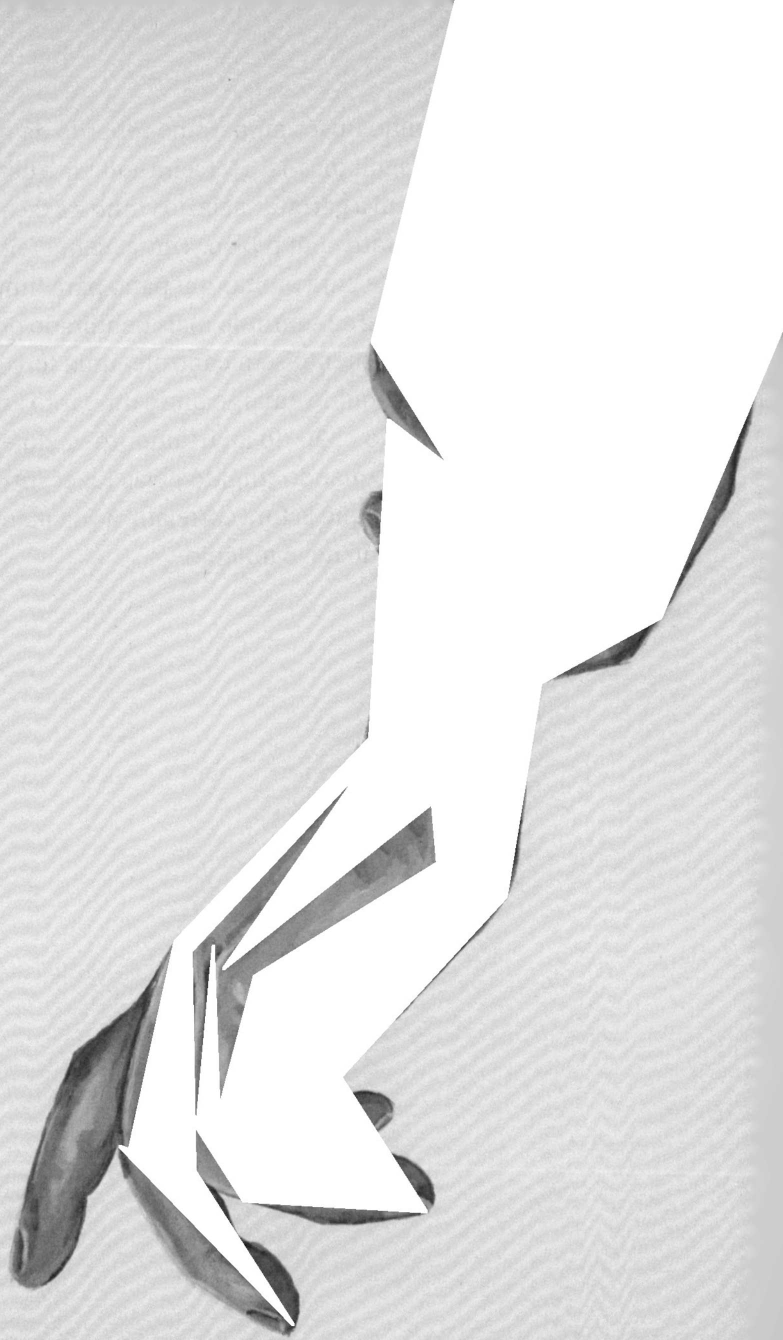

Copyright © 2023 Sérgio Tavares

CONSELHO EDITORIAL
Eduardo Krause, Gustavo Faraon, Luísa Zardo,
Nicolle Garcia Ortiz, Rodrigo Rosp e Samla Borges
PREPARAÇÃO
Rodrigo Rosp e Samla Borges
REVISÃO
Evelyn Sartori
CAPA E PROJETO GRÁFICO
Luísa Zardo
FOTO DO AUTOR
Arquivo pessoal

**DADOS INTERNACIONAIS DE
CATALOGAÇÃO NA PUBLICAÇÃO (CIP)**

T231t Tavares, Sérgio.
Todos nós estaremos bem / Sérgio Tavares.
— Porto Alegre : Dublinense, 2023.
192 p. ; 21 cm.

ISBN: 978-65-5553-090-2

1. Literatura Brasileira. 2. Romances
Brasileiros. I. Título.

CDD 869.937

Catalogação na fonte:
Eunice Passos Flores Schwaste (CRB 10/2276)

Todos os direitos desta edição
reservados à Editora Dublinense Ltda.
Porto Alegre • RS
contato@dublinense.com.br

Descubra a sua próxima
leitura em nossa loja online

dublinense.COM.BR

Composto em TIEMPOS e impresso na BMF,
em PÓLEN BOLD 70g/m², em FEVEREIRO de 2023.